见沔河

萧青 著

陕西新华出版传媒集团

太白文艺出版社·西安

图书在版编目（ＣＩＰ）数据

再见沔河 / 萧青著. -- 西安：太白文艺出版社，
2022.3（2023.2重印）

ISBN 978-7-5513-2092-4

Ⅰ.①再… Ⅱ.①萧… Ⅲ.①散文集－中国－当代
Ⅳ.①I267

中国版本图书馆CIP数据核字(2022)第033221号

再见沔河
ZAIJIAN MIANHE

作　者	萧　青	
责任编辑	王　威	
封面设计	建明文化	
出版发行	陕西新华出版传媒集团	
	太 白 文 艺 出 版 社	
经　销	新华书店	
印　刷	三河市嵩川印刷有限公司	
开　本	880mm×1230mm　1/32	
字　数	180千字	
印　张	8.5	
版　次	2022年3月第1版	
印　次	2023年2月第2次印刷	
书　号	ISBN 978-7-5513-2092-4	
定　价	59.80元	

联系电话：029-81206800
出版社地址：西安市曲江新区登高路1388号（邮编：710061）
营销中心电话：029-87277748

自　序

那些过往的岁月，能沉淀下来的不多，大部分都随风飘去了。最留恋、最不可忘记的，都是些什么呢？最思念的又是些什么呢？我的目光每一次都落在沔河；而当我在沔河生活的亲人都渐渐远离的时候，我不认为就是永别。我的笔能够描绘和记录他们吗？我用什么形式表达我的内心？还有沔河奇丽的风光……

我的父亲和母亲，他们可能也没有想到，他们给我选择的奶妈，后来和他们一样，成为我的亲人。而我的母亲给我的磨砺，在给我留下伤痛的同时，也给我留下了财富——我那么早就打好了人生的底色，从此艰难和困苦算得了什么呢？还有什么能使一个孩子，为了得到母亲最基本的爱，愿意付出微薄的力量和全部的努力？那些普通的生活是不是就是高尚的？他用什么样的观念和语言，去做最简单又最好理解的诠释？最简单的就是忠实地记录它们吧。也许那些不觉得无聊的人，能从中看出不那么无聊的时光。

有什么办法？

每一次，在我困惑的时候，在那些伟大的头脑，甚至

在那些充满哲理的语言中，都找不到答案的时候，我都要去沄河边走一走，看一看。那些最原始、最纯洁、最单纯的情感，并没有深沉的解释。沄河虽然什么也没有讲，但总是给我最好的回答。

这也是一种无奈：眼界，阅历，快节奏的生活，让我选择的都是一些片段。我所记录的全部是平凡的、卑微的、普通的小人物，就像沄河河滩上的卵石和别的河滩上的卵石相比，不了解它们的人，区分不出之间的差异。没人关心一块和他不相干的石头，只有我念念不忘。在我的人生当中，它曾经碰出过不那么灿烂的火花。

沄河，虽然算不上浩荡，算不上壮阔，但她最起码算得上奇丽。她同样奔向大海。虽然她的每一滴水珠都是那么平凡，那么卑微，那么普通，但在大海的波澜壮阔之中，谁又敢说没有她带来的，那从高山之上而来的原动力？

2020年8月29日凌晨4点50分记于浦东

目录

蒙 儿 的 河

蒙儿越来越爱领庭儿转悠了。蒙儿领庭儿看许多新奇的东西。妈爱领庭儿去看沔河，蒙儿也爱领庭儿去看沔河，但妈让庭儿看的沔河和蒙儿让庭儿看的沔河是那么不同。妈让庭儿看的沔河是那么闪亮、那么浩大，蒙儿让庭儿看的沔河是那么奇丽。蒙儿指着一个漩涡，说那儿有"漩"；蒙儿扔去一片菜叶，让庭儿看"漩"把菜叶收了。蒙儿说那水灿灿的，像鱼鳞，水必浅。拾一块石头扔进去，果然听见咣的一声。蒙儿去河滩捡两块石头，这石头惨白。蒙儿说这石头最好，能打火，顺手敲了，果见火花一闪。蒙儿教庭儿认识了"白条"和鲇鱼，认识了河虾，认识了贝和河螺；教会了庭儿打"漂子"，用苇叶做飞箭，取蛛丝网去岸边捕蜻蜓，用面团粘捕树上的蝉虫。

蒙儿和庭儿疯了一个四季，又疯了一个四季。蒙儿把冬、把春、把夏、把秋都弄得很迷人。

蒙儿在冬里弄得最火爆的是灯笼。蒙儿去求赵家客栈的婆婆，求她给自己一盏没有写字、没有挑上店门的灯笼。

蒙儿在腊月里就把灯笼点上了，晚间拽庭儿在街上、在河边转悠。蒙儿和庭儿专去那种窄巷，那种没有路灯的窄巷。在浓黑的夜色中，那灯笼便神秘如鬼火了。暗红的一团亮色，照亮两个孩子走走停停的脚。他们便探视亮光中的一点儿事物，探视摇摇晃晃的自己的影子。他们会突然惊吓同龄的孩子，他们在壮足了胆子、惊吓过自己以后，用明明暗暗的灯光照着自己化装过的脸，那两张脸，每个鼻孔都插了一截儿纸筒。他们沿着细细绵沙铺就的河岸，拿灯笼照亮河水。夜很深，夜色里的沔河是那么安静。汩汩的流水声滋润着他们的心房，他们想把那河面照得更宽更宽，无奈灯光下只闪出簸箕大小的一片亮色。鱼儿会循着亮光游过来。他们看见一群群围过来的白条，还有几条鲫壳和几条鲤鱼，一条大白条用尾巴赶着那些小白条。"呜——呜！"蒙儿向着夜色呼叫。"呜——呜！"庭儿也向着夜色呼叫。他们忽然产生一个念头，想做一只筏，让筏带着灯笼远去。于是他们就回岸上，用竹子、芦秆、衰草赶做筏。他们做好一只长长大大的筏，抬到河边，把它放到水里。他们把一盏灯笼插在筏上，把筏一推，那筏载着灯笼，就悠悠地漂走了。他们在岸上看那灯笼远去，那灯笼越来越小。庭儿说："蒙儿，它去哪里呢？"蒙儿说："许是去海。大人说，河通江，江通海呢！"庭儿心里就羡慕那海了，那是多么迷人的海呀，他的灯笼会漂荡到哪里呢？

他们还踩了雪呢，他们还在雪中捕了雀呢，他们还向冬天静寂的天空吹了口哨呢。多么响亮的一声口哨啊！他们站在古旧的城门桥上，双唇撮得那么紧，用尽力气，想把口哨吹得很响很响！

春正像小姑娘，寻他们来了。春天，后院园子的泥先软和了，庭儿就去园子边捏泥，那泥又黑又软又亮，那是曲蟮从地下刨上来的，庭儿用手指捏它，用手心揉它，偏就有燕子飞过来了，跳跃在他的足边，要他那一丸泥哩。庭儿说："你去，你去呀，园子里多的是。"那燕子却把头偏了，瞪眼儿笑他呢。"你，燕子，你和我一样爱闹着玩呀？你闹呀闹呀！"那燕子并不离开，他用手轻轻地爱抚它，它仍偏着头瞧他呢。他和燕子的亮眼睛互相对视着。"你，小东西，我就给你吧！"他把那一丸心爱之物，轻轻地放在它的嘴边。燕子衔了它，拍一下羽翼，在空中旋了一圈，往屋里去了。他呼叫自己："庭儿庭儿，你的心多么真，多么柔，多么美呀！"他仍羡慕那一片天空。他站在残破的城墙上，看那天空下一片片鱼鳞似的屋顶，有几只鸽子就在那里翻飞、歇息。有一只把胸鼓圆、鼓亮、鼓光彩了，围着另一只跳舞，且徒然地点头。喂，鸽子，你那是干什么呢？你不可惜了你那动听的呼叫？你何不斜刺去天空，去浏览那一片春色？但它仍固执地在那里点头，在那里呼叫，而别的鸽子就一下子呼啦啦飞了。它孤独地站在屋顶，茫然地看那天空！

"喂，鸽子！"庭儿忽然就伤心了，"你为何如那铁铸一般？你那么安静地站着，会不会就这样变成化石？你是不是也像我一样突然地伤了心呢？"

再莫说柳絮了！再莫说梦中的飞花了！再莫说桃红染流水了！庭儿的心就悲悲的呢！这小东西，你也算个人了！

蒙儿向着沨河的一声呼叫就是对沨河的夏的最好的赞美了！庭儿也就大声呼喊了，他不但赞美沨河的夏，似乎也是在赞美人生！他懂得人生吗？蒙儿在夏的河滩里最先打了旋子。蒙儿折了一支纸箭，用皮筋儿把它射向天空。蒙儿唤庭儿下水了，在清清的河水里，他们研究每一块石头。夏的骄阳正在惬意地调侃河滩呢，蒙儿和庭儿却赤身睡在河滩了。你，太阳，你这会儿让人多么敬爱多么舒坦呀！他们撒一把河沙，那河沙烫得灼人；而他们的牛儿就蠢蠢欲动，他们牛儿的头就斜指了天空，随了飘移的白云而转动。你，太阳，你有博大的胸怀吗？那飘移的白云，见识了沨河像天空一样坦荡的胸襟。蒙儿和庭儿终于穿过芦苇，去小河旁。他们听见河边传来的唧唧的捶棒槌声，是一群女人在洗涤。那红、蓝、黑、白、黄、橙、绿便撩花了沨河！那群女人的笑声就搅动了天空！是什么芬芳在天空弥漫？他们看见四平的姐姐荷花也站在河边，他们从来没有这样看过荷花。荷花把袖子和裤腿挽了；那一张红扑扑的脸正像一朵荷花，那一头美发正像一片荷叶；荷花在水里把腰弯了，她正在搓洗一圆筐萝卜，她的手她的腿便像那一窝莲藕，她的粉红的衣衫倒映在水中，沨河就乱了那粼粼的波光。她在羞沨河吗？哦，你，沨河，你竟也养育了这样妩媚的女子呀！你好福气！你何不让荷花再仰起头来，甜甜地唤一声呢？她果然抬起头来，那眉鼻眼口都摆得那般清丽。她果然脆脆地叫了："蒙儿、庭儿，你们来河里玩吗？"那一刻，他们一下子撒欢了，他们在河水里疯跑，把水花溅向空中，任它们再落在河里。噢，沔河！你是一条美丽的河、幸福的河呀！

他们等待着秋天！他们早就在巴望秋天的果实。尤家婶家的石榴在梦中红了好几回，他们在梦中流口水呀！可是秋天总是让孩子们失望，大人在一夜之间就把石榴都摘了，大人比孩子留心。其实，大人比孩子更关注那果实呢！小东西，他们还是粗心呀！秋天的天空那样远，那样清清高高的。喜爱秋天吗？秋天的天空那样深邃。他们喜爱秋天的风，秋天的风吹来又吹去，是那般凉人呢。秋天的沔河，那芦花白茫茫的一片。岸边的老榆，滩头的枯柳，不是还挂着黄叶吗？你，芦花，你不艳不媚，你拂去秋的悲凉呢！秋天是清爽的。远远的，他们看见大雁不住地留恋回头，但又奋力飞去。是呀，你追秋，可它却辞秋而去。那一头瘦驴，在远山奋蹄。那一位哥哥，在刺槐下审秋。天凉好个秋！他们在岸边看那日渐狭窄的河水，那河水日渐狭窄却日渐清冽了。他们便去河滩，把螺壳吹响，螺声在空旷的河谷回响。他们顺河而去，看一叶舟逐流而走；一轮水车矗立岸边，用轮叶把渠水执着地拍打。嗬！你，水车，你为何偏让我喜欢了你？你像那岸边的岩石一样不随波逐流吗？你为何吱吱作响，你不堪孤独也不堪重负吗？

他们便削了芦秆，做了芦哨，把一片长空吹嘹亮了。他们那样吹着，那样吹着跑着，说："秋，你用清丽的背影衬出了水车的雄伟。你为何用惨淡钩织出这么一幅美妙的图画？"

写于1994年2月

红　鱼

　　暮色中的殷红还没有退尽，陈遇朋回来了。陈遇朋在白案子上累了一天，肩、腰、胯、臂、腕都疼。他是那种又瓷又实在的人，揉的面里没一丝粉尘，做的馍又一律规矩。他从豆芽巷拐过小十字，见街上的匠人们都回来了，娃子们也都上街了，街上一片热闹。

　　陈遇朋已在食堂里吃过了屋里人送的稀饭，手里端着那个给他装过饭的搪瓷缸子。

　　街坊招呼陈遇朋说："陈家，回来了？"

　　陈遇朋点头回答："回来了。"

　　一群乌鸦从天上漫过，也漫过去一片噪声。东城门外有一片榆树林子，那上面有乌鸦的窝。娃子们也像乌鸦一样在街上噪了，在街上一片片飞呢。陈遇朋走着，就盯视着有没有庭儿。庭儿玩得久了，必定在这里过夜。屋里人串门去了，前头门和后头门都大敞着。

　　陈遇朋在屋里转了一圈，脱下褂子，留一件老布白背心儿，露出白皙的皮肤和瘦长的胳膊，到后屋挑了水桶，下河坝去。他在河坎上吹一会儿风，看一会儿定军山上的星斗，挑一担浸泉水回来，倒缸里。马勺在缸里翻转一下，浮上来。陈遇朋抓起马勺，一口气喝了冷凉的水，抹一把湿下巴，这才摸了竹壳电壶，去前屋拎了缸子，提了躺椅，坐到街门。他沏好茶，惬意地躺下。

娃子们在街上喧闹，总是有一些有趣的游戏。陈遇朋听见这喧闹，舒坦极了，庭儿就在这里头吧？女娃们抓石子儿，唱歌子，女娃们大半悄悄地玩。谁的妈又在找狗，叫："狗——找——"陈遇朋想："又是娃儿屙了。"

陈遇朋眯盹一会儿觉得歇好了，进屋摸麻篮儿。摸出一杆烟锅，顺手在屋顶角揪一把旱烟叶。他边出去边把烟叶揉好了，装上，点火吸烟。抽着烟，娃们的噪声就弱了，他估摸娃儿也该回家了。屋里人回来，坐门口扇篾扇。扇了一会儿篾扇，月娃儿在她的怀里睡着了。屋里人搁下月娃儿，擦凉席，擦好凉席独自带月娃儿睡觉去了。陈遇朋便站起来，去后头提半桶凉水，洗街门槛的一方青石。他把青石洗净了，任水慢慢阴干。

一会儿蒙儿和庭儿回来了。蒙儿自己去收拾了睡。庭儿却被陈遇朋留下。陈遇朋让庭儿躺在躺椅上收汗，末了再睡青石板上凉身。陈遇朋在旁扇篾扇。庭儿说："我要喝哩！"陈遇朋便给他酽茶喝。茶很酽，让他喝去，喝了酽茶让他自去兴奋。陈遇朋也就喝了酽茶，续一锅烟，给庭儿讲故事。

　　陈遇朋说："我去过南山，南山里有野人，野人到坝里来，专拣小娃儿吃。夜里在星星下走路，有人拍你，切莫回头，回头就看见野人。野人专拣那些嫩嫩的小娃儿，一点点用手指甲掐食。"末了说："夜里莫跑远呀！"陈遇朋说："沔河好，沔河里什么鱼都有！爸小时候见过一种飞鱼，像燕，在沔河上飞；但它总飞不长久，一会儿就落进河里。它落，沔河就把它收了。沔河就是这样，愿意飞，你飞就是，飞不动就回来，沔河不嫌弃。"陈遇朋说："有一种鱼像娃娃，长着娃娃一样的手、一样的脚，哭起来声音像娃娃。"庭儿问："有眼睛吗？"陈遇朋说："有，还像娃娃一样地翻，扑腾腾望人呢！"又说："鳖鬼！鳖总是钻沙。那你就拿叉，踩了水去，把鳖踩在脚下。鳖装着没事，不动，想让你把它当作河石。你别信鳖，举了叉，把脚挪开，叉鳖。鳖有脸盆那么大，拖着叉，往深水里跑。你浮过去，拿叉挑鳖，鳖就亮出青白的肚皮。你可别要红鳖！红鳖的眼和肚皮都是红的。红鳖吃死人肉。那些捉鳖人，春里到河边去，把野地的荒坟刨开，在枋子上凿洞。夜里鳖上来，去枋子里食腐尸。鳖不到秋天就肥了。这时捉鳖人来，在洞口蒙了布袋，去枋子的那头敲。鳖一出来，就落入囊中。"陈遇朋最后说："红鳖晦气！"

　　庭儿躺在青石板上，一条腿架另一条腿上，手托了腮，看满天繁星。陈遇朋说："等吧，等河水再清一点儿，我引你去河坝端鱼……要么去潭，那一阵太阳已经斜了，潭里就像上了釉。你去潭，潭对过儿是崖。你顺着水流绕，朝潭把网撒开。网出去，在水里云一样浮着，你收网的时候，就看见网里跳着红鱼……"庭儿这时候什么也听不见了，就看见满天的星光在飞，星光下，是乌蓝的天，天边有一轮黄月，而一个长发野人，在星光下匆匆走着。庭儿悄悄地跟着野人，就见野人回头看了，笑，目光有点儿腻。庭儿想：那我便是飞鱼了，我也要飞。但总有一天会落入沔河，沔河会收我吗？他突然就看见星光发暗，爸的身影在星光下越去越远，爸追着星光走，顺沔河拐入一条小溪，小溪里到处是鱼，都来碰爸的脚。爸穿着一件白背心，白背心在树荫下闪。爸站在小溪里，溪水漫过爸的脚面。爸慈祥地笑，抱一条大鱼，那鱼正像娃娃，翻着眼对爸笑。爸又拿一柄叉，叉在月下泛光。爸年轻多了也轻松多了，在深水里，晃着膀子，哗哗地从水面踩过，一群红鳖就在水中扑腾，清清的沔河水，掠过一片红影。爸在水中哗哗哗、哗哗哗地踩，爸前头的浪花也是红色的，爸举叉……爸多么神气……多么威武……

"庭儿，庭儿，你睡着了吗？"爸说。

这时的庭儿已是睡着流着涎水。爸站起来，眼睛湿了，看着这个他女人奶下的，但比他亲生娃子还要让他疼爱的孩子……

写于1994年3月

河边老街的孩子

贾家平娃

这条街上，居民和农民混住。隔壁尤家，对面黄家，西头贾家，后院坝西边梁家，都是农民。有的虽是农民，却也在城里有一份工作，隔壁尤家的尤丑儿便是。他的父亲尤家叔是一个箍桶匠，虽是箍桶匠，却是地地道道的农业户口，尤丑儿却不然，他在城里手工业合作联社有一个名分，就是说，他是手工业合作联社的职工，拿着一份工资。

西头贾家实际上离我们很近，贾家和我们之间隔一个郑家，郑家叔是个细篾匠，他也在手工业合作联社工作。这就是说，我们隔壁就是尤家和郑家，不过贾家在街坊中间，和我们好像有一点儿特殊的关系。其实也没有什么，就是他家的独子四平和我玩得好，四平大我一个属相，实际上只大我两个月。

这街上和我同岁的孩子多了去了：对面黄家新成；西头贾家隔壁的贺家"洋猪"，"洋猪"是一个外号，就是说这孩子长得胖而且皮肤白，像白毛猪；贺家隔壁吕家桂友，吕家是个裁缝；吕家西头箩儿匠席家二瓜；二瓜家对面焦家焦合营……还有后院坝西头梁家的贵子，东头邱家的女孩儿鸡蛋，下街的瞎卵……多了去啦！

这四平却是和我最投缘的一个。四平长脸，长一双充满哀怨的羊眼睛，话不多，也不太参加我们的什么活动。比如说藏猫猫呀，和上街的孩子用竹棍打仗呀，到后头河滩里挖陷阱呀，翻跟头、打鹞子、摔跤呀什么的，他都不去。

不知为什么，四平把他父亲叫大大，我们街坊却都叫他父亲贾家叔。四平的母亲大家都叫她老妈，她老年得子，这个独子来得很迟。

贾家叔一只眼斜，瘦削，颧骨突出。他爱抽旱烟，手里成年拿一杆短柄烟锅。他做一点儿小营生，时不时把街面的门板放倒，在上面摆一串干辣椒、几把干旱烟叶、几小碟菜籽，但似乎没什么人光顾他的营生。那不要紧，他会成天坐在门口抽旱烟。他把烟叶揉碎，摁进烟锅，摁实了，用火镰或火柴点着。他使劲儿吸烟，这使他的颧骨愈见突出。

他的烟锅有一点儿精致，铜烟锅，被他把玩得铮亮；玉石烟嘴儿，被他嘬出了牙印。

他眯着眼抽烟，坐门口打盹儿，有时突然睁开那只亮眼，叫一声："平娃！"不让儿子逃出他的视野。

贾家老妈真正是个老妈，她小脚，和尤家婶一样，不过她的小脚没有尤家婶的小脚精致。她也许放过脚，又裹起来了，这说不准。贾家老妈身材敦实，像碾盘一样沉稳，当我和四平还是小孩子的时候，她就头绾发髻，缠黑丝带，挑着担子下地，或者挽着笼筐上街。她从街面走过，腰板挺直，下巴微微仰起一点儿，一脸高傲。她后来活了一百岁，当她的儿子四平快抱孙子的时候，她依然能挑着担子下地。

贾家实际上还有两个女儿，大女儿大四平十几岁，叫莲儿。她出嫁早，我对她没什么印象；小女儿荷花不过大我们五岁，黑发亮眼，红扑扑的脸蛋，娇小而勤谨。

当我五岁的时候，这荷花已经下地干活了。东城门外，箭道生产队河边，有一块她家的菜园子。5月，辣椒长出来了，茄子也有了个头，豇豆架子刚刚搭起。贾家老妈挑着一担尿，从城里往城外走。荷花扛一柄锄头，挽一个小笼筐跟在后头。

"跟我们下地去啊？"荷花对她的弟弟说。

"嗯！"四平答应。

四平却口衔手指到我面前。

这是在邀请我。

荷花走远了，出了东城门。

我和四平站在街门口。

我们不约而同地往东城门走。

东城门实际上没有城门，城门口只剩下一座明万历年间修的石桥，桥下流水哗哗。不过两边的城墙残垣还在，有人把这残垣平整了，在上面栽了辣子苗。没怎么好好经管，辣苗子长得瘦弱。

辣子地的地坎边，有一个孤独的小洞。我们朝洞口尿尿，把洞注满，一会儿，从洞眼里便爬出了屎巴牛，那是一种有着黑色盔壳的虫子，桃核大小，有孩子把它们架火上烧熟了吃。

我们过石桥出城，这是东门外街，街上有一半是铁匠铺，到处都是叮叮当当的打铁声和扑哧扑哧的拉风箱声。师傅和徒弟都光着膀子，一把铁锤被师傅在砧子上敲得叮当响。师傅熟练地用钳子从火炉中夹出一块红铁，用铁锤点敲红铁，徒弟抡圆了大锤，砧子上火花四射。师傅的小铁锤点到哪里，徒弟的大铁锤就砸到哪里。那一块烧红的铁柔软如泥。我们看这师徒把一块柔软的红铁打冷打硬成型最后淬火，一把菜刀或一把镰刀就打成了。店门口，摆满了锃光瓦亮的刀、叉、钳、镰、钩、锁、锄、斧等铁器。

箭道生产队南边，一片地挨着河坎，沔河从西边奔流到河坎下，碧绿的河水旋成漩涡，漩涡前边是一片榆树林子，沔河绕着林子，向马营方向奔去。

这一带的地名都来自三国时期，箭道村，是造箭的地方；马营，是放马、养马、屯马的营地。相传，东门外那条铁匠铺林立的老街，在古代还打兵器呢。那些精致的箭镞呀，扎马钉呀，马蹄铁呀，马镫呀，也在这里打造。打好的兵器就在河边上船，顺沔河、汉江一直到汉口。这就入长江了。进了长江，还有哪里不能去呢？

四平家的自留地就在这河坎上，不大，没扎篱笆。贾家老妈和荷花常来浇灌，园子里的辣椒、茄子、豇豆都长得很有气势。地坎边，贾家老妈又点了苞谷。苞谷刚刚出苗。小脚老妈在地里给苞谷浇水。荷花拎着一只水桶下河，她从河边提半桶水上来，掺一马勺尿水，一勺勺给辣椒、茄子浇灌。

我们看看那紫里带青的茄子、那碧绿晶莹的辣椒，但我们还是热衷于在地坎上找洞眼，忘不了洞眼里的屎巴牛。

我们找到了一个洞眼，冲动地往洞眼里尿尿，可惜在城墙那里尿过了，尿水不多。

"荷花姐姐，"我说，"帮忙浇一勺吧。"

荷花过来说："看你们多大出息！"

一勺水灌进洞眼，屎巴牛爬出来，头上顶着一点儿湿土。

荷花把屎巴牛捉住，在水桶里涮了一下，捡一截稻草捆住。

四平把屎巴牛把玩一阵，捧在手心，慷慨地送给我。

我想起那些大一点儿的孩子，如何点燃一把干草；如何把屎巴牛架在火上烧；如何把黑色的硬壳掰开，用细棍尖儿掏里面的白肉，那点儿白肉散发出一点儿热气，热气里似乎有一点儿肉香。

这样小小年纪，就自己找食物！

贾家老妈瞅一眼我和四平贪婪的目光，说："平娃，这是不能吃的。"

荷花说："玩一会儿就扔了，回家我给你们烤洋芋。"

屎巴牛头上有角，学名屎壳郎的便是。

后院连着的几家

四平的老爸只管抽旱烟，我从他家街门上进进出出他全不在意。

四平的老爸享受地吸一口烟，咽进肚里，在肚里把玩一会儿，我以为这烟消失了——可能像屁一样排出去了，但他突然享受地又把烟吐出来，我吃了一惊。

于是他笑了，一只斜眼还笑出泪水。

四平的老妈总是在厨房里，像街门口是四平老爸的阵地一样，厨房就是四平老妈的阵地。她不是在案板上切菜，就是在灶门口烧火，或者在后门口剁猪草、拌猪食，她沉默得像个碾盘，成天把牙关咬紧，从不招呼我。

不过她有时突然就露一手，从灶膛里掏出一个烧好的洋芋，把洋芋在手上吹来吹去，掰开洋芋叫一声"平娃"，把洋芋分给四平和我。她甚至不分给荷花。我当然会受宠若惊，荷花是她的女儿，她不给荷花却给了我！

我拿着半个烧了一层硬壳的洋芋，洋芋依然热得烫手。

荷花用一根棍子在木盆里搅猪食，嘴角带着一点儿笑意，"好吃吧？"她看着我把洋芋塞到嘴里。

四平不声不响，像羊吃草那样，一边吃一边睁着眼睛看。

荷花把猪食端出后门，端进猪圈，说："吃吧，吃吧，吃吧！"

猪围过来。

荷花说："吃吧，吃吧，吃吧！饿死鬼！"

荷花是真心招呼猪，她绝对不是在骂我。

贾家的猪圈隔着半截后院斜对着郑家和奶妈家后门，贾家和郑家后门口都盘着个石手磨。贾家的石手磨重，贾家老妈有时候在后门口推手磨。

手磨里流出豆浆，贾家老妈会自己点浆做豆腐。贾家老妈在豆浆里点了酸浆水，里面的浆水菜有一股清香。荷花在灶门口烧火，豆浆在锅里翻滚，荷花用瓦片把火头压住，让豆浆在锅里凝结。豆浆凝结成块，贾家老妈把成块的豆浆舀进笊篱里压成饼，菜豆腐就做成了。菜豆腐最终混合着米和豆浆，做成一道特色饭食。贾家老爸每次端起这饭食，眼里就流露出满足。

四平邀我去看他家猪圈。贾家猪圈兼作尿坑，猪圈建在尿坑上，尿坑上铺着青石板，石板上围着圈栏。这一带的农家猪圈全都是这个模式，猪圈在尿坑上，猪屎猪尿都流进尿坑，喂猪时只需把猪食倒进圈中的猪食槽，打扫时只需用水把青石板冲干净。

我看见蛆从尿坑里爬出来，蛆爬到地上，也爬进猪圈。蛆爬进猪食槽。我看见猪吃蛆吃得津津有味，恶心地跑出去，朝地上吐。

四平憨憨地笑了，四平笑起来一贯含蓄。

我说："四平，蛆好肥！"

四平家有两头猪，一头是公家的任务，一头是自家的想头。

天刚亮，我就被吱吱呀呀的推手磨声吵醒。这不是贾家老妈，这是隔壁尤家婶，有时候是我奶妈也说不定。尤家的手磨在他家后院厨房边上，比较袖珍。尤家后院有一棵石榴树，5月开花，鲜艳的石榴花火红撩人；9月石榴熟了，树枝上挂满诱惑。

尤家、郑家、贾家三家的手磨，奶妈借用时总是最先选尤家的。尤家的手磨小，推起来省劲儿。

尤家大女儿丑女比蒙儿大两岁，小女儿么女大我两岁。虽说是农户，尤家婶很爱干净。每次我去尤家，尤家婶就拿着个鸡毛掸子。尤家堂屋里供桌上摆着两个青花瓷瓶不假，不过每次都是我刚进门她就拿鸡毛掸子，她不去掸那俩瓷瓶，眼睛却直勾勾地望着我，好像我身上带有灰尘。不过尤家的两个女儿爱招呼我，她俩都大方活泼。

我最惦记的还是尤家的石榴树，阴历八月，石榴裂开，露出石榴籽，粉嫩的石榴籽故意勾我的眼睛。我当然愤怒，我最讨厌别人勾引我，这石榴那样赤裸裸地勾引我，使我欲罢不能。但我从来没有偷偷地摘过尤家的石榴。总是这样，石榴已经熟了，还没有熟透，我想等它熟透再下手，可是不等它熟透，尤丑儿一夜之间就把它摘了。尤丑儿第二天看见我就笑嘻嘻的，太阴险了！我承认他比我多一点儿算计！不过我估计策划人是尤家婶，别看这小脚老太太，见面对人笑，一点儿也没有贾家老妈实诚。但是尤家婶还是挑一个最大的石榴给我吃，并且她的一双小眼睛笑得快要流蜜。

每当这时，蒙儿就站到我的身边，蒙儿不吃石榴，他说："我不吃石榴。"但是他满脸幸福，他吃的是羡慕。

尤家俩女儿后来嫁了东门外俩兄弟，听说日子过得不错。

尤丑儿是尤家独子，是个篾匠，他的功夫无法和郑家叔相比。郑家叔是细篾匠，会一手好篾活。

夏天的黄昏，郑家叔坐在后院坝的一个小竹凳上，身边放一缸子大叶子茶水，一条腿向外伸起，他在大腿上搭块劳动布，一根水杯粗的水竹架在他的腿上向外延伸。他把竹子抬起来，抬到眼前，瞄一下，碧绿的水竹，似乎还带着一点儿灵气。郑家叔抄起劈竹刀，劈竹刀铮亮，郑家叔把劈竹刀从水竹根部杀进，把刀背一拍，根部的竹节啪地一响。郑家叔端起缸子喝一口水，放下缸子，握紧劈竹刀，让手腕用力。他抖动手腕，劈竹刀划过竹节，只听见竹节啪啪地响，一根竹子在他手中一分为二，又二分为四……竹子变成竹条再变成篾条，最后像丝一样细，在他手中抖动。郑家叔把篾条扬起来抖展，像女人穿线一样穿动竹篾，篾条在他手指尖跳动……只一个黄昏，便编成一个笊篱。

郑家屋里竹椅、竹席、竹凳、竹笼、竹帘、竹笊篱、竹筷笼样样齐全，郑家叔还能用细篾条编蝈蝈笼。

郑家叔每次劈竹时都激情迸发，竹节啪啪裂响，他嚓一口茶抑制住内心的兴奋。

"势如破竹！"我说。他点点头，有那么一点儿意思。

尤丑儿是粗篾匠，他只能编背篼、撮箕。

但尤家叔含而不露。尤家叔箍桶有一手绝活。

能见到尤家叔箍水桶，那不算什么。关键是箍黄桶。黄桶是杉木板子做成，齐胸高，四尺过径，竹篾拧成的箍，上下两道箍箍得很紧，圆而大的黄桶箍紧了，用棉花塞了缝，上了桐油，这样的黄桶可以用来装滚水烫猪。

尤家叔这手绝活轻易不露。你要烫猪用黄桶，到东门里城墙根大院坝借去，那里原来有个猪集，也摆过肉架子，黄桶有的是。但当尤丑儿要定一门亲事时那就非同小可了，尤家叔再不箍一个黄桶，难道他会箍黄桶只是个传说？

我亲眼见尤家叔在后院箍黄桶，最厉害的是每一块杉木板都要做匀，木板和木板的相接处带一点儿斜度，粘接木板最讲技术。尤家叔箍好黄桶后试水，滴水不漏。

尤家叔结实，身板笔挺，紫檀色脸，留八字胡。我有时想，尤家叔这模样像个武夫。果然，在他过世许多年以后，尤丑儿偶尔冒了一句，他爸爸当年当过西北军。

尤家东头是胡家，胡家和我们没有多少交往，就是说，胡家没有和我年龄相仿的孩子。胡家和尤家的房子相连，胡家和尤家的房子原本是一体的，街面上有高高的四层台阶，二楼不是这街上常见的低矮阁楼，而是和底层的街面房等高，还带有可以撑开的窗户。胡家二楼屋檐下，有"忠厚传家"四个大字。

胡家和尤家共用后头院坝，小小的后院有一个花台，花台上有一株海棠花和一块太古石。太古石老是缺水，海棠花也不那么招人。

再过去就是万婶婶家后院了，万婶婶家和隔壁张家隔一个过道，两家却共用后面的院子。张家有个男孩子叫瞎卵。

瞎卵是一个狠毒的名字。这一带，人们给孩子取名很损，据说名字越难听，这孩子就越好养，长大后就有更好的命运。是否戒备人们天生的忌妒：我养一个不好的孩子，就不会被别人羡慕了。于是丑儿、丑女、瞎狗、瞎猪、大瓜这样的名字比比皆是。但取名叫瞎卵——这名字多毒！也难为了那个取名的人。

万婶婶和张家的后院坝南边是邱家的前院，邱家房背后是一道坎，坎下面一片菜园子过去就是沔河。邱家是撑船世家，人称船家子。鸡蛋是这家女孩儿的小名。

这一片院子把贾家、郑家、陈家、尤家、胡家、万婶婶家和张家、邱家连在一起。不过和我们最亲密的就是贾家和隔壁郑家，尤家也差不多，还有万婶婶家。万婶婶有点儿特别，我以后再说。

倪家

斜对门西头，是董豁子家。豁子和蒙儿同岁，豁子不像我们这样爱耍。他圆脸，脸不太光，有一双眯着的细长眼睛，个子不高，并且腿短身子长，有一双粗圆而结实的小腿肚子，虽然长相粗糙，但他脾气好、懂事，做事用心。

他有一个和气的老妈，豁子像他老妈一样，和人说话前就先面带微笑，不管是好话还是瞎话，先向听者释放善意。豁子长大后成了画家。

到豁子家要过一个宽而短的过道，过道里面是一个院子，豁子坐在一间小屋的格子窗下，桌子上摆的有墨盒和毛笔。蒙儿有时带我到豁子家去，但蒙儿看出来豁子不太愿意让人打扰，就不太爱到他那里去了。

豁子家过道隔壁，街面上住着唐喉喉。唐喉喉是个外号，她实际上是一个患有严重哮喘病的老婆婆。唐喉喉的男人是一个古板且脾气暴躁的光头老汉，他有一双毫无道理对谁都凶恶的眼睛。唐喉喉外号的来历是因为她的喘气声，人还未到，隔着十几步远，就能听见她喘气的声音。

她矮个子，白脸，头上缠一根黑丝带，脑后绾个发髻，脸上的皱纹向脑门和鼻子集中。她爱穿一件白布褂子，腿上是宽松的灯笼裤，有一双大脚。

唐喉喉家往西走就是倪家，倪家是一个大家，在这条街上有两间街面房。倪家在大十字路口南边解放路开中药铺子，当时这中药铺子是公私合营的。

我去过倪家。倪家有前后两进两出的院子，院子里是天井，天井四周是石砌的台阶，台阶上，是前后正屋和两边的厢房，双开门和格子窗上雕刻的鸟兽图案很精美，看得出来，这家人曾经辉煌、滋润、体面过。

倪家的惊人之处，是他家老大家的几个女儿一个比一个漂亮。老大家的女孩儿都叫丫头，大丫头、二丫头、三丫头，以此类推。尤其是大丫头，她长着一双媚眼，薄薄的嘴唇天然地自带笑意，嘴角上还有一颗小小的黑痣。她走路看上去柔软无骨，轻飘飘的身姿像飘在风中。她说话优雅，软软的腔调咋听都是甜美的。比如说她叫一声蒙儿，她不是就叫一声蒙儿，而是"是蒙儿吧"，听上去甜美许多。

三个丫头的母亲也很漂亮。我曾经在她家看见一个相框，是她们母亲的一张头像，黑白再上彩色的那种。照片看起来有点儿旧，但上面的年轻女人自带风韵，短而齐肩的卷发，是烫发，在那个年代，在沔河一带，这样的发型早已绝迹。女人优雅而甜蜜地微笑着，轮廓分明的脸，弯而细长的眉毛，含情的眼神，鼻子挺而精巧；嘴唇微启，似乎口含暗香，欲吐风情。整张照片活脱脱一个女电影明星的模样。

然而，她家大丫头和她年轻时比毫不逊色。

倪家门口有一根电线杆，电线杆上有一只电灯泡，夏天的夜晚，灯泡周围飞满了蚊虫，但我们依然在电线杆下藏猫猫。

大清早，卖浆水菜的，挑着一对浆水菜桶，在我们还赖在被窝里没起床的时候，就沿街喊："浆——水菜！叨浆水菜了！"那是一个女人的喊声，声音尖厉。而到后半晌，会捏"糖人"的那个卖麦芽糖的，把手中的生铁敲得叮叮响。那是一个干瘦的男人，他从来不吆喝，他叮叮地敲手中的一片生铁，敲第三下时用手掌把生铁片一压，生铁发出当的一声，于是他便敲出了叮叮当的声音。这声音听起来像是"叮叮糖"，于是我们喊："卖叮叮糖的来了！"往卖"糖人"的跟前跑去。卖浆水菜的和卖叮叮糖的都会在倪家门口电线杆下面停住，等人前来照顾他们的生意。

这条街的男孩，倪家老二家俭成最爱跟着蒙儿和我往沔河跑，俭成大我两岁，高我一头，当时和蒙儿一般高，后来比蒙儿还高出半截。俭成咖啡色皮肤，和他母亲的皮肤一样，像古巴人的皮肤，古铜色偏酱色。紧，亮，是那种所谓的紧瓜皮。俭成的眼睛小，黑而油亮，聚光好，他的鼻头有点儿尖，像印度人的鼻子，不过比印度人的鼻子小很多。他的薄嘴唇抿得很紧，短下巴，颧骨有点儿突出。俭成母亲的相貌大体也是这个模样，不过他的母亲面部稍宽一些，眼睛看上去很温和，齐耳短发，嘴角常挂着笑意。

俭成像他母亲一样见人就笑模笑样。他身体结实、紧凑，身手敏捷灵活，奔跑起来像一只小豹子。

我们藏猫猫分两伙人，分人的时候都喜欢挑俭成，俭成躲藏的地方也最隐秘，他有时躲藏在东城门石桥下，站在城壕沟石桥下水中。在沔河河滩，俭成翻跟头打鹞子最标准。他还会倒立着行走，这一招也有人会，但没人像俭成那样走得长久。他会一种直体倒地，倒下时胸部不着地，双手在沙滩上自然支撑。这一招连蒙儿都学不会，我更不用说了。除了蒙儿，算下来我就佩服俭成。

冬天的夜晚我们藏猫猫，俭成和我一伙，这一次他藏在豆芽巷的一个茅厕里。俭成一失足掉进了尿坑，他从尿坑里爬出来，浑身上下爬满了蛆。他径直走过街道，走下城壕，跳进冰冷的城壕水中，是那样狼狈。他走过的街道至少有一锅烟的时间都臭气熏天，从此，他失掉了一点儿锐气。

俭成的妹妹也叫丫头，小我一岁。她麦子色皮肤，模样和她母亲挂相，但五官比她的母亲匀称。同叫丫头，她和倪家老大家的几个丫头相貌上有那么大的距离，这有一点儿遗憾，不过因为俭成的关系，她和我们走得较近。她总是笑模笑样地到我奶妈家来，对我和蒙儿直呼其名。这在女孩儿中不算什么，在这条街上，对我直呼其名的女孩儿多的是，比如说娟儿，比如说尤家幺女，比如说万婶婶家唤弟，比如说斜对门鲍家的兰兰，还有荷花呢。所以俭成的妹妹对我直呼其名实际上没有什么。我这么看重她是因为她和俭成以及她的母亲与我们在一起下过苦力，那就不一样了。

比如我和蒙儿，我们从小在一起，我们在一起玩得最好。蒙儿对我比对亲弟弟还要照顾，对我启蒙，关键是，我们一起拉架子车！我们在一起吃苦，一起求人，一起流汗！汗水淌在一起，那就不一样了。

不过人总是要相信造化。多年以后，当我问："俭成他们一家呢？"回答是："下放了。"

"怎么下放了？"

"下放居民呀！"

"下放哪里去了？"

"留旗营。"

"他家丫头呢？"

"……"

书法家

豆芽巷对面的陆家巷实际上很短，顶多有一百米。这条巷子却完全用石条铺路，巷子边的木板楼建在高高的石台阶上，到了早晨，巷子里有卖鱼、卖河虾河蟹、卖小菜的。靠小十字路口边上，有一副卖肉的架子，刀把式手中的尖刀，以及一早一晚在巷子口出没的野狗，让孩子们不敢往巷子里走。不过蒙儿会带我到巷子里去，这里的高台阶上，住着一个名叫大雨妈的人。

大雨妈当时是一个三十岁出头的女人，长条脸，穿一身整洁的灰布衫，头上缠着头帕，不过不是南山人通常缠的青布帕子，而是灰色纺绸，头帕的一角吊在耳际，看上去比较雅致。她有时也穿一件白色碎花纺绸衫，这当然是夏天，穿这一身显得精神。她说话爽快，不假思索，说话时有好看的口型。大雨妈的男人，蒙儿叫他楚爸，他瘦高个儿，淡眉，细而明亮的眼睛，尖下巴，鼻头有点儿发红，他穿中山装，看那模样，至少三分像干部，又有七分像书生。他说话温文尔雅，话前都有思索。这一对夫妇膝下无儿无女，收养了蒙儿的一个亲弟弟。这个男孩儿名叫炭儿，当时已两岁。

我们去大雨妈家，大雨妈给我们在一只精致的细耳细瓷杯里泡了一杯毛尖茶，在此之前，我喝过奶爸的茶缸子里泡的老叶子茶水，还没有喝过这样的毛尖茶，也没有见过这么精美的茶具。

"请！"楚爸说。楚爸伸出一只手，手心向上。

我有点儿不知所措。

"请用茶。"楚爸又说。

我呆呆地在门里头站着。

我的父亲平常喝白开水，用的是较为粗糙的陶瓷白缸子。

大雨妈说："蒙儿，你们喝水。"

蒙儿把杯子端过来，让我喝了一口。

楚爸说："龙井。"但我不知道"龙井"是什么。

有一点儿香味。我看见楚爸紧盯住我的眼睛。我在"品"茶，他在品味我的心思。

我能有什么心思？

大雨妈说："解暑吧？"

蒙儿说："不如井拔凉水。"

楚爸把目光移开，我松了一口气。

楚爸有精致的茶杯，还有精致的茶托盘。

楚爸的桌子似桌似案，上面有青花瓷笔筒和七八支写字的毛笔，一杆大字笔挂在墙上。墙上还有一幅挺大的书画，画上画着一棵随处可见的白菜，却在旁边大大地写了一个"雅"字。楚爸拿出一张字帖，在字帖上套上影格，说："蒙儿，过来练两笔毛笔字？"

蒙儿望着我。蒙儿说："我们到河坝里去耍呀！"

大雨妈说："让他们耍去。"

楚爸说："我教你运运笔如何？"他从笔筒里抽出一支毛笔，在清水中蘸了一下，揭开一个墨盒，把笔头放墨盒里款款地抹。他把毛笔夹在拇指食指中指和无名指之间，说："这样捉笔，才能运笔自如……"

不过我喜欢墨盒边那一锭硬墨，上面"金不换"三个金色的烫金字很精美。我的目光又落在小巷的石条路上，那里有一片绿色的青菜叶，一条青虫在菜叶上爬，青虫的颜色比菜叶淡一点儿，那种青虫捏在食指和拇指之间肉肉的，我在四平家菜园子里捉过那种青虫，而在奶妈家房后头，那片种着卷心菜的菜地里，这样的青虫最多。奶妈说这种青虫最后都会变化成蛹，又说它们最后都会变化成美丽的花蝴蝶……

楚爸说："这样落笔，款款移动……"

蒙儿说："我们到河坝里去耍呀！"

楚爸不搭话，继续说："'竖'，一定要写得如垂悬针……"

蒙儿看我一眼，焦愁地拧紧眉头。

大雨妈说："你让他们下河坝耍去！"

楚爸颓然地放下手中的笔，说："不可教化之人！"

就是这样一个楚爸，后来和奶妈家有比较多的走动。

而且楚爸最爱看那些宣传栏，他未必是欣赏那上面的字，也未必是关注那上面的评论和消息，而只是一种习惯。因为——他是一个文化人！

我成人后，有一次，和楚爸在一起吃饭，他要和我碰酒，我说："我不能喝酒。"楚爸端着酒杯说："苟富贵，勿相忘！"我愣了一下。我一月才挣几十元人民币，离富贵远着呢！蒙儿在旁边眯着眼笑，说："他真的不能喝酒。"

就是这样一个楚爸，后来成为沔河有名的书法家。

楚爸还进了县政协。

写于2014年6月6—11日

再见沔河

这是两个不同的家庭，我在其中就是夹心人，两个家庭又血肉相连，联结他们血脉的就是沔河。不同的人，不同的家庭背景，呼吸着同样的空气，喝着同一河水，演绎着互相分离不开的生活。突然有一天，他们的后辈会感受到，他们都是地地道道的沔河人。

一

三岁那年的初夏，天气还不太炎热。

母亲突然来了，要把我领回去。

从劳动街往西头上街里走，小十字那儿，左手是陆家巷，右手是豆芽巷。往右拐，穿过豆芽巷出去就是民主街，过民主街斜插进一条小路，从那里可以去北城壕。城壕上有一座石桥，石桥这边原来是北城门，城墙早已被扒了，只留下矮矮的残破的墙垣，墙垣靠这边就是这条斜插过去的小路。

　　小路东边有一条小渠，小渠那边是一片田野，油菜早就收割过了，麦子也已经收割。小路西边有一个拐角，拐角那里有一个院子。高高的围墙，一个双开的院门，院子里靠西墙根有一棵葡萄树，葡萄树刚刚挂果。院子里靠北是三间高房，院子和房子都是农业社的。房子里面堆满了成捆的干麦草，麦草捆一直码到房顶。在东北墙角，母亲挪出一块空地，用条凳和竹笆支了一张铺。门外宽阔的房檐下，一侧也堆满了干麦草，一个灶头支在房门外，灶头旁边是一口水缸。这房子也是双开门，门槛有一尺高。

　　母亲把我安顿在这里。一个粗笨的农村女人，每天上午过来，从小渠沟里挑一担水，倒在水缸里，然后就是下面，半寸宽的干面条，稀稀地捞一小碗。这女人也不说话，坐门口看我吃完了就刷锅，然后走人。下半天我坐在门墩上，我也去看那麦草，看那打过的麦草穗子；我也去看葡萄，葡萄刚刚萌生出绿豆那么大的青果。女人后晌又过来架火舀一瓢水烧开下一碗面，看着我吃完后刷锅离开。夜里二哥过来陪我住了一晚。二哥穿戴整齐，面色光润。二哥次日早晨起来说没意思，出了大门走了。

　　母亲也不过来。次日夜晚，我孤零零一个人蜷缩在床的一角。房屋山墙的横梁上是空着的，我从那里可以望见外头的夜空，也可以看见星星。这挺好，我可以数那星星。但麦草垛子里传来唰唰声，不知是老鼠还是长虫。我有些害怕。

我也恍惚看见麦草垛子上面突然冒出来一个人头。我很害怕，天快亮时才迷迷糊糊睡着了。

我醒来时天已经大亮了。房门从外面锁着。我推了一下，门钉锔下面闪开一道缝。我突然听见蒙儿在院子外面叫我，我于是大声答应。

蒙儿在外面大声说："你在哪里？我昨儿找了你一天也没有找着！"

我大声说："我就在这屋里。"

蒙儿说："你出来嘛！"

我大声说："门锁着呢。"

蒙儿说："我也进不去。外头院子的大门也锁着呢！"

蒙儿又大声叫我，说："妈让我找你呢。想让你回去吃早饭呢。"

我说："我不得出去。"

蒙儿说："我来救你，你别着急。"

就听见蒙儿在外头提门扇的声音。

我从房门缝往外看，看见蒙儿把一扇院门从门框的转窝里提起来，斜靠在一边，蒙儿钻进来，到房门口，把门推了一下，门下边和门槛中间就闪出来一个三角空当，蒙儿说："你可以钻出来的。"

于是我像蛇一样从门下面的空当里钻了出来。蒙儿说："赶紧走，我们逃走！"

蒙儿拉着我出了院门，又把门扇提起来，放进门框的转窝里，说："好了，我们放心走就是。"

奶妈早就在街门口张望，蒙儿远远地就喊："我把庭儿救出来了！"

二

奶妈说："找了一天，也不知道你住在哪里。"

奶妈做的寡汁稀饭，这稀饭用稠豆浆加大米和浆水菜做成，吃起来爽口。

奶妈说："坐过来，我们吃早饭。"

正吃着饭，就听见隔壁郑家婶大声说："蒙儿他妈，庭儿他妈找来了。"

奶妈赶紧出门去看，就看见我的母亲怒气冲冲地大步往这边走来。

母亲过来也不看奶妈，说："好呀，竟敢偷跑，跟我回去！"

奶妈赔笑脸说："他妈，叫娃把饭吃了噻。"

母亲也不搭理，扯着我的胳膊就往外面走。

我一路挣扎。母亲把我提起来，照屁股就是一巴掌。

奶妈在后面大声说："庭儿他妈，你别打娃！"

母亲说："我的娃我还不能管教！"又给了我一巴掌。

我忍住不哭，使劲儿往回挣扎。走过合营家门口，门口墙角圈了一小片菜园子，院子边围着竹篱笆，母亲顺手在篱笆上抽了一根细竹棍，照我的小腿就是一下。奶妈在后面大声喊："你别打娃嘞！"

我终于哭出声来。

母亲说："我看你还跑不？"把我扯过小十字，拐进豆芽巷，又照我的小腿给了一下。母亲这才解气，一边数落我一边扯着我往回走。

到了那个院子，母亲把我按在房门的门墩上，说："你给我规规矩矩的！"

我坐在门墩上，不理解地看着母亲。

这一天我一直在门墩上坐着，那个粗笨的女人下午又来给我下了一碗面，到了晚上我又是一个人蜷缩在床的一角。

第二天早晨，母亲早早地来了。母亲把房门打开，说："你别跑，我有事忙着哩。"然后把院子的大门从外面扣住。我在院子里待着，看了一会儿院墙外天空飞着的鸟，看了一会儿葡萄树下的蚂蚁，看了一会儿房檐下正在找食吃的麻雀。

我又听见蒙儿在院子外面叫我，母亲这一次出去时没有锁院门，门钉锔在门扣上搭着，蒙儿把院门推开，说："你跟我走。"

我说："我妈打我呢。"

蒙儿说："让我看看你的腿。"

蒙儿把我的裤腿扯起来，腿上有几道紫色的印痕，蒙儿摸了一下，说："疼吧？"

我咬咬嘴唇。

蒙儿说："你跟我走，我让妈给你抹点儿红汞，抹点儿红汞就不疼了。"

我和蒙儿到了大门外，迟迟疑疑地往奶妈家走。

奶妈果然找来了红汞。蒙儿说："合营他们家有的是，合营的爸爸就是大夫。"

奶妈把我的裤腿提起来，摸着我腿上的伤痕，眼泪涟涟，说："可怜娃儿的！"奶妈给我把红汞抹在伤痕上。

但母亲此时也来了，黑着个脸，什么也没说，扯着我的胳膊就往外走。奶妈跟了出去，说："你别打娃儿。"

母亲扯着我只管往前走。过了小十字，一进豆芽巷，母亲就揪住我的耳朵，一边拧一边咬牙说："我让你不听我的话！我让你没有耳核心！"

回到那个院子，母亲依然没有消气，说："净给我找事，我忙着哩！"顺手从麦草堆里扯了一根稻草绳，把我的双手绑在葡萄树的树干上，说："我让你跑！我让你没有耳核心！"

母亲这一次出去把大门锁了。

我不理解地看着母亲的背影。

三

这一次是奶妈来找我。奶妈在院子外面叫我的乳名。我在院子里答应，满脸泪水。奶妈扒住院子大门的门缝往里看，说："哎哟！我娃儿被绑着呢！"

我埋下头用牙齿咬那草绳。我要把那草绳咬断。

奶妈说："不行，我得找你妈去！"

此时蒙儿也过来了，蒙儿又把院门扇提开，奶妈红着眼，拉着我的手说："我们走，我们不在这里受罪！"

我跟着奶妈走，奶妈怒气冲冲。

一会儿母亲来了，母亲比奶妈还要愤怒。

母亲老远就喊："也太大胆了！"顺手在路旁园子边折了一根树条子，这条子上带刺。

奶妈看母亲过来了就护住我，说："你别打娃儿！"

母亲愤愤地说："我的娃儿我还不能打了？"

母亲上去就抽了一下，正抽在奶妈的手上。奶妈把手指头放在嘴里抿了一下。

奶妈一松手，母亲就把我扯过去，一边用树条子抽我，一边扯着我走。奶妈在后面说："求求你别打娃儿！"

母亲又狠狠地抽了我一下。

母亲说："我看你还敢不敢跑！"

奶妈在后面抹眼泪，说："你别打他，我们再也不叫他回来了！"

我一下子泪如泉涌。

蒙儿跟上来说："姨姨，你别打他，我给你跪下行不行？"

母亲更加愤怒。

这一路从劳动街打到豆芽巷，从豆芽巷扯过民主街。回到那个院子，母亲恨恨地咬着牙看我，我也愤怒地看着母亲。

这天夜里，我仍然是一个人过夜。

我伤心得半夜睡不着，睡着后老是做梦。我梦见青面红发的恶鬼，从麦草堆上面朝我扑过来。我在睡梦中被惊吓醒来。我想起奶妈，望着屋外的星星哭泣。

奶妈果然不再来找我了，但是蒙儿仍然坚持。蒙儿来又把院门扇提开，蒙儿说："我们不回妈家去了，我们到沔河玩去。"蒙儿把我带到沔河，把我带到沙滩，带到苇滩，下到清清的河水里。我们在那儿找芦根，在沙滩里挖蚌壳，在浸水泉边捉麻鱼。到了吃饭的时候，蒙儿回家去，从蒸笼里给我悄悄地拿来了蒸馍。

母亲这天到处找我。找到奶妈家，奶妈说："没见着呀！"

母亲说："蒙儿呢？必定是蒙儿把他拽走了！"母亲异

常愤怒。

奶妈也就慌了，说："可不敢把娃儿丢了！"奶妈到处找蒙儿，找不着。

但是到了晚上，快要睡觉的时候，蒙儿领着我悄悄从河坝经后门溜回来了。蒙儿说："庭儿今夜不回去了。"

奶妈上前就揪住蒙儿的耳朵，骂道："你个砍脑壳的！"

四

奶妈拉住我就往小十字那边走。出了豆芽巷过民主街，那条小路边的院子里并没有人，院子的大门上着锁。奶妈又拉着我返回民主街，向西走到民主街和解放路交会的十字路口，这里是大十字，眼下是这个县城的中心。到了大十字往右拐，横穿过解放路，对面是一个朱漆的大门，大门门槛很高，门两边有两个石鼓，从这里进去穿到后院，是一个很深的四合院。院子南边还有过道，过道出去又是一个院子，院子那边有一道大门朝南对着大十字西边的民主西街敞开，门口有两个石狮子。这个地方新中国成立前是衙门，我的父亲现在在最里面那个四合院办公。

我很少见到父亲，父亲有一副严肃的面孔。我和奶妈在这里没有找见父亲，也没有找见母亲。一个年轻干部说，我的母亲到沕河河坝找我去了，有人看见蒙儿带着我在那里玩。奶妈于是又把我带回自己家。一会儿母亲来了。母亲这一次没有打我，只是黑着脸说："跟我走。"

母亲扯着我又回到那个院子，这夜依然是我一个人过夜。我依然做噩梦。

第二天母亲没有来，二哥却来了。二哥依然穿戴整齐，面色光润。

二哥说："我才是你的哥哥呢。"

我看着二哥。

二哥说："妈是妈，奶妈是奶妈。"

我依然看着二哥。

二哥说："爸爸有一把手枪呢，是盒子枪。"

我惊奇地盯着二哥的眼睛。

二哥说："爸爸的盒子枪打起来啪啪啪地响，一枪就撂倒一个坏人。"

我瞪大了眼睛。

二哥说："你跟我走，我带你看爸爸的盒子枪去。"

我于是跟着二哥走。

又走奶妈昨天带我走的那条路线。二哥进大门时又自如又大方。进了那个四合院，二哥带我看北边厅堂两侧的两排栅栏，说："这后面，原来放的是令牌子和刀枪剑戟。"来到西北角一间房门口，二哥说："爸爸就在这里头办公。"

房间的门槛很高，门里头铺着方砖，有一张两头沉的桌子，桌子后面有一把靠背椅子。门里右边墙上，挂着一把盒子枪，盒子枪装在一个木盒子里，枪把突出在外边，枪把上有一个环儿，环儿上拴着红绸子。二哥说："看见了吧，那就是爸爸的盒子枪。"二哥进去踮着脚把枪盒子摸了一把。我扒住门框往里瞅。这时候来了一个青年干部叫二哥的名字，二哥就答应。二哥和他很熟，青年干部笑着和二哥说话。青年干部说："你们到院子里来玩，不要去摸枪。"二哥说："当然。"又调皮地加一句："所以然。"好像二哥的嘴巴挺能说。

我心里仍想着盒子枪，扒住门框不走。

二哥说："我们走。那是爸爸的通信员，他叫我们走哩。"

我仍然扒住门框往里瞅，心想："怎么看不见爸爸呢？"

二哥说："你跟我走，我带你去看妹妹，我们有一个妹妹。"

五

四合院东北角有一个过道，过道旁边有一间小屋子，屋子正面是一张大床。门槛很高，我站在门口，看见床上睡着一个女孩子，一床小小的肉色的绸面小被子把她盖住。

二哥说："看见了吧，那就是妹妹。"

我伸着头往里瞅，然后踮着脚走进去，看见一个干干净净的妹妹。

我以前没有见过妹妹，妹妹奶在她的奶妈家，好像也从她奶妈家领回到母亲身边不久。

二哥说："我们出去，莫把她吵醒了。"

我走出去，又回过头朝屋子里张望，心想："父亲母亲二哥妹妹黑天就睡在这里吧？"

我心里有一点儿酸。

我看见床里头那面墙上，挂着一把粉红的、小小的、漂亮的西湖牌绸伞。好精致好漂亮的绸子伞呀！这把绸子伞成天陪伴着妹妹。

我回头看二哥。二哥穿戴那么整齐，脸色那么光润，比起我明显上一个档次。

二哥说："你跟我来。"

走出过道口，就看见了母亲。我很害怕，在过道口犹犹豫豫。这是四合院后面的一个狭长的小院子，围墙里面靠墙边有一小块菜地，菜地里长着密密的小白菜，母亲蹲在菜地旁边一块空地上，用绳子捆几块盖瓦，身边是用麦糠和黄土和好的稀泥。母亲用盖瓦和黄泥在糊一个炉子。母亲很专注。

我站在旁边，母亲只顾忙自己的。

我又转回去在门口看了一眼妹妹。二哥说："跟我走。"我们又回到民主街，回到那个院子。二哥用手指点着我的胸脯说："妈是妈，奶妈是奶妈；蒙儿是蒙儿，我是我。你是我的弟弟。"

那个粗笨的女人来了，又给我们下面吃。二哥吃面时说："连点儿菜也没有。"那个女人也不吭声。二哥又说："少油没盐的。"那个女人好像没有听见。

那个女人刷完锅走了。就听见院子外面蒙儿又在叫我，二哥和我一起出了院子。二哥对蒙儿说："他是我的弟弟。"蒙儿尴尬地绕着我走了几步，说："他从来都叫我蒙儿。"我想：也是的，我从来都没有叫过蒙儿哥哥；不过话说回来，我对二哥也是直呼小名。我们弟兄之间从来都是这样，不分大小，都像父亲母亲叫我们一样，直呼小名。

蒙儿对二哥说："他爱去河坝玩，你跟我们一块儿去吧？"

二哥说："河坝里有什么好玩的。"

蒙儿说："有打鱼的呢。"

二哥说："那有什么好玩的。"

蒙儿说："大河里还有水车呢。"

二哥说："那有什么好玩的。"

蒙儿说："水车带动水磨，水磨能磨面呢。"

二哥说："我刚带他去看了我爸爸的盒子枪。"

蒙儿惊了一跳，说："是电影里老洪使唤的那一种盒子枪吗？"

二哥说："当然。"

蒙儿钦佩得不得了，说："我们在河坝里也玩打仗哩。我们用芭茅秆做机枪，我们用芭茅叶子做陷阱……"

二哥不屑地说："那哪里有真刀真枪有意思。"

六

母亲终于给我搬了家。

城西棉花街那边，有一个鸭儿塘。那实际上就是一片洼地。下雨时，洼地里积一层水，鸭儿在里面游来游去。天晴时洼地干涸了，洼地的地面龟裂。棉花街弹棉花网棉絮的人，天晴时在洼地里撑了木架子。架子上吊着麻线，一排十几道麻线，麻线下面吊一个坠子，搓线的人手拿木头搓板，双手夹住坠子使劲儿一搓，就听见坠子嗡的一声，上面的麻线就绞成了细绳。搓线的人挨个儿搓过去，洼地里就是一片嗡嗡的声音。

棉花街还有一家轧面条的，天晴时也在洼地里撑架子，架子上面有一排排洞眼，用竹棍把轧好的面条挑起，一排排插进洞眼里。面条一个晌午就可以晒干，取下来放蒲篮里抬走。

鸭儿塘南边有一面小土坡，坡上面有一座小庙，可能是周公祠一类。小庙里早已没有供奉什么神像和牌位了，大门里面两侧的栅栏还在，栅栏里却也没有什么泥塑。小庙里有正殿和两侧的厢房，殿和厢房都很小，可以算得上是袖珍。从鸭儿塘过来，进这座小庙要上十几级台阶。台阶是石条铺成的。庙的大门完好，高高的门槛，小孩子要使劲儿才能跨过去。庙门和门槛、门柱都是朱砂红的，算不上破旧。进了大门是一个门厅，门厅和四周的房檐连接。院子中间是一个天井，四周用石条铺了，中间用青砖墁地。天井中间有一个洞眼，下面是渗坑。下大雨的时候，四周房檐的水都往台阶下滴，雨水如注，大人就把水桶和盆钵锅瓮放在房檐下的石阶上，用它们接雨水。下雪的时候，瓦楞上一层雪，天井和台阶的一半也被白雪盖了，给这小庙覆盖上一层诗意。这座小庙一定是充公了，不然父亲和母亲怎么会把我们安顿在小庙里住呢？

来这里住的只有我们一家的四个孩子。我，二哥、三哥，还有妹妹。陪伴我们的是一个姓饶的婆婆。这个婆婆家住东门外沔河边箭道村，初级社那年母亲曾在她家里住过。这个婆婆善良，待人和气，经管我们也是全心全意。她矮小的身材，皱巴巴的脸，头发在后面绾一个发髻。她总是挽一个篾篮子来。正是秋天，苞谷熟了，她家自留地里种着苞谷。她掰嫩嫩的苞谷过来，给娃儿烧苞谷吃。她还把苞谷磨成浆，蒸一种金灿灿甜丝丝的像摊饼一样的浆粑馍。

我和二哥、妹妹已经熟了。我头一次见到三哥。三哥在他自己的奶妈家奶到一岁后，被母亲送回自己的娘屋。三哥这一次来，二哥就特别郑重。二哥说："妈是妈，奶妈是奶妈，你们要搞清。"

三哥一副懵懂的样子，三哥并不像我那样对奶妈一家那么上心；妹妹也是一副懵懂的样子，妹妹一岁多就离开了奶妈。不像我，我在奶妈家待到四岁。

二哥说完后就瞄我一眼，这不是没有道理的。刚搬到鸭儿塘小庙的那天，蒙儿就来了。蒙儿像一个侦探，在小庙外头拐角那里探头探脑。蒙儿压着嗓子喊我的乳名。待我朝那边看，他就不停地朝我招手。我于是走下院门外的台阶，和蒙儿一起往棉花街东头走。此时二哥就大声喊起来："你快往回来走！"

二哥又郑重地说："妈是妈，奶妈是奶妈。"当我和三哥吵架互相对骂"你妈"时，二哥郑重地说："你们不能骂妈，只能骂奶妈，今后只准骂奶妈。"每骂对方奶妈时，我和三哥都非常愤怒，于是从骂上升到扭打。二哥这时就出面调停："骂了一句奶妈嘛，那有什么？"

但是我不依不饶——奶妈是神圣不可侵犯的！

七

母亲依然是打我，这也许是因为二哥告密。不过母亲亲
眼看见有好几次，蒙儿带着我悄悄往棉花街东头走。过了棉
花街就是四方街，过了四方街就是劳动街，一直往下街走，
那就到东门里奶妈家啦。

刚到9月，蒙儿上小学了。蒙儿放学后背着书包来找
我。蒙儿叫我看他的写字本和影格，看他的课本，上面有
"点横撇捺"和"山川天地口日月水河"。蒙儿说："看，
这就是沕河的'河'。"

看我有点儿新奇，但过后又无动于衷，蒙儿又说："我
给你削了一把手枪呢，和你爸爸的一样，是一把盒子枪。"
蒙儿把手指伸出来，叭叭叭地比画着放了三枪。

看见我动了心，蒙儿说："妈叫你回去吃菜豆腐呢。"

于是我便跟着蒙儿走。

我们从棉花街上了四方街，过了四方街上劳动街，一
进街口，就看见右手那家养了一只八哥。灵巧的八哥在笼子
里跳。蒙儿说："八哥会说话呢。"我很惊奇。蒙儿说：
"八哥，你叫一声哥哥。"八哥果然叫："哥哥。"我和蒙
儿都开心地笑了。蒙儿说："八哥，你叫一声庭儿。"八哥

于是叫："庭儿，庭儿。"好神奇啊！蒙儿说："八哥说话要圆舌呢，不圆舌不会说话。"我问："什么叫圆舌？"蒙儿说："八哥的舌头本来是尖的，尖舌头不会说话。"我想：难怪骂人说"尖舌头"呢——"你是个尖舌头！"——是说你不会说人话呀！我问："那怎么圆舌头呢？"蒙儿说："用一个烧红的烙铁，把八哥的舌头烫圆。""那好疼呀！"我打了一个寒战。我站在八哥笼子跟前不想走。蒙儿说："我们赶快走吧，妈等着呢。"

走过一个茶馆，蒙儿说："这里头晚上有人说书呢，哪天天黑了，我带你来听书。"他又想了一下，说："不过万婶婶家对过儿的茶馆也说书呢，我们就去那里听，我听过《赵云大战长坂坡》。"走过一家杂货铺子，蒙儿说："这里卖雪花膏呢，雪花膏香得很。"走过他自己亲妈家小巷子门口，蒙儿说："这里是我亲妈舒妈家，哪天我们来玩。"走过赵家客栈，看着门口挑着一盏写有"店"字的灯笼，蒙儿说："改天我来求赵家婆婆，求她给我们一盏没有写字的灯笼。我们给灯笼里放上蜡烛，点亮了趁天黑照到河坝里去，那时候鱼儿看见灯光就围过来了。"这时候就到了豆芽巷、陆家巷和劳动街相交的小十字，豆芽巷对面，陆家巷通向河坎，蒙儿说："大雨妈家就住在这里，楚爸有一支狼毫毛笔，写的字漂亮得很。"

这时候就看见奶奶站在屋门口，朝小十字这边张望。老远就听见奶奶高兴地说："我们家庭儿回来了！"于是郑家婶、尤家婶和下头站在自家街门口的万婶婶，都朝这边张望。

合营家门口，几个丫头也在看我们呢。四平的老爸躺在自家门口的躺椅上抽旱烟，欠欠身子，咳一口痰，大声说："平娃，庭儿回来了！"就见四平从堂屋门口出来，翻着白多黑少的眼睛，叫我："庭儿！"斜对过鲍家的萍姐姐和她的妹妹兰兰也朝这边张望。

奶妈说："快到屋里头去！"

八

好温馨的一个家呀，如鱼得水！

最欢喜的自然是蒙儿了。是他把庭儿拽回来的，他简直是功臣！

那是，蒙儿四岁的时候，我就奶到奶妈家里来了。那时我刚满月。我的母亲把我送过来，那时候奶妈刚死了自己的孩子。据说奶妈已经死过两个孩子了。奶妈家堂屋、睡房、过道、厨房的墙顶角上到处都贴着符。端公说："你们要想有自己的孩子，最好奶一个命硬的男孩子冲一冲。"奶妈最先奶了蒙儿，但是奶妈的第二个孩子生下来不久又死了。奶妈自从奶了我，后来连生五胎都没有问题。蒙儿从我月娃时开始，就是看着我在奶妈的怀里长大的，从我一岁开始，就带着我在这街上和后面的河坎上玩耍。是蒙儿和奶妈一起拉着我蹒跚学步，是蒙儿教我认识了太阳，认识了沔河，认识了定军山呀！

奶妈做的菜豆腐好香呀！后来日子艰难，奶妈还卖过豆腐脑和豆渣馍呢。

奶妈做的菜豆腐不软不硬，奶妈点的清浆水好爽口，奶妈切的火葱好细，奶妈调的食盐葱花醋水里放了香菜，浇在菜豆腐上，咬一口清香满嘴窜。

蒙儿拿来一把木头削的手枪给我，蒙儿说："我没哄你吧。"这是一把白杨木做的手枪，样子和真的差不离，就是小了点儿，是蒙儿照着小人书上的样子削的。我比画着朝门外叭叭叭打了三枪。四平站在堂屋门口，我把手枪给四平，说："四平你先拿着，一会儿我吃完饭我们玩。"四平把手枪拿在手里。蒙儿说："四平你别在腰里嘛。"蒙儿把手枪拿过来，说："就像我这样往腰里一别。"然后又拔出来，说："庭儿我帮你别在腰里吧。"

蒙儿说："锅里还有菜豆腐哩，我让妈给你再捞一块大的吧？"

蒙儿说："你把腰坐直了，你把腰坐直了就不会再打饱嗝。"

蒙儿说："吃不完就剩在碗里。"

蒙儿说："你把碗给我，我来捡碗。"

蒙儿说："一会儿我们下河坝，我用芭茅秆再给你扎一挺机枪，捷克式的，一开枪撂倒一片敌人。"

我跑到街门口，举起枪准备打一个冲锋，就看见小十字那边，母亲怒气冲冲地走过来。我一下子呆了。母亲在合营家菜园子篱笆上抽了一根竹棍。奶妈的脸色煞白了。郑家婶说："蒙儿他妈，叫别打庭儿。"万婶婶也从她的家门口往这边走。母亲黑着脸过来，一把扯住我的胳膊。奶妈说："他妈，你别打娃儿。我叫他回去就是。"万婶婶也大声说："庭儿他妈，可别打娃儿呀！"母亲扯着我噔噔噔地往回走。母亲说："我不打！"

过了小十字，转眼看不见奶妈他们了。母亲拧住我的耳朵，恨恨地说："你的耳核心呢？我叫你没有耳核心！"母亲踢了我一脚，用竹棍子在我小腿上抽了一下。我恨恨地瞪着眼，把牙咬紧。母亲说："我叫你恨我！"我用手一挡，这次正抽在手背上。我疼得手直抖。

母亲揪着我的耳朵一直把我扯到四方街。

回到小庙，我看见三哥和妹妹害怕地看着母亲。二哥走过来看看我手上的伤痕，说："我说叫你别跑嘛，谁叫你不听话。"

二哥搂着我的肩膀说："二回再不跑就是。"

九

腊月里下了一场大雪。饶婆婆在天井里洗萝卜。二哥带着我们玩雪。二哥问饶婆婆要了一根红萝卜，带着我们到庙外面洼地里的雪场子堆雪人。我们堆了一个雪人，二哥把红萝卜戳在雪人的脸上，给雪人做了一个红鼻子。

我一转身就看见蒙儿。蒙儿在小庙外面的拐角上站着，搓着双手。蒙儿压低嗓音叫了我一声。我假装没有听见。一会儿回到小庙，饶婆婆提出一个烘笼子，把里面的炭火吹红了，叫我们过去烤手。

看着二哥三哥和妹妹在烤手，我蹑手蹑脚地出了大门。我一下台阶就往庙背后跑，蒙儿在那里冻得直跺双脚。蒙儿搓一搓自己发红的耳朵，一把拉住我，说："妈叫你回去吃元宵呢。"

我有点儿迟疑。

蒙儿说："妈给你在北门场买了一把花刀，还给你买了一个斑鸠哨子。"

我还是有点儿迟疑。

蒙儿说："妈给你做了一条新裤子，还给你做了一双新新的棉窝子。"棉窝子就是棉鞋。我脚上的鞋从来都是奶妈给我做的。奶妈没事时就坐在门墩上纳鞋底子。做鞋底的袼褙是奶妈用旧铺衬用糨糊粘几层在门板上晒的，纳鞋底的麻线是奶妈买黄麻自己捻的，奶妈自己织粗布做衣服，把布票省下来买平布做鞋面。我低头看蒙儿的脚，蒙儿穿着一双旧单鞋。蒙儿说："妈叫你回去试鞋试裤子哩。"

我心头一热，就跟着蒙儿走。棉花街有一条巷子叫河坝街，直通沔河河坎，巷子口有一个门面租赁小人书。租书的是一个中年人，他在门里火盆里烘了一盆火。蒙儿在雪地里站得太久了，鞋都湿了，蒙儿说："太冷了，烤一下手。"蒙儿进门把手拢在火盆上面，招呼我："庭儿，烤一下手。"中年人也不管。蒙儿顺手拿了一本小人书，说："呀！关公，水淹七军。"就翻给我看，说："看关公的这一把美须。"蒙儿说："这是青龙偃月刀，和妈给你买的花刀差不多。"我看见关公眉梢和眼角上挑，有一股英武之气。蒙儿又拿了一本书，说："呀！长坂坡！看，这是赵云，赵云是常胜将军。"蒙儿说："赵云骑白马，关公骑赤兔马——红马。"我看见那红马怎么就画的是一匹黑马。蒙儿又拿一本，说："嗬，岳云！"我看见那岳云是个少年，长得清秀，也有一股英武之气。蒙儿说："岳云骑白马，戴银盔，披银甲，使一对银锤。"我看见岳云额头那一穗红缨漂亮得很。我一下子就喜欢上了岳云。蒙儿说："岳云的武艺高强得很。还有狄雷呢。狄雷是岳云的妹夫。狄雷使一对铜锤。还有使金锤和铁锤的呢。八大锤大闹朱仙镇呀，好看得很。"

我坐下来细细翻书。蒙儿说："要看书你得认字，你不认字，那只有去听书。不过听书你看不见娃娃，还是认字好。"

我把那岳云细细端详。我喜欢那匹飞奔的白马，喜欢白马蹄下的烟尘，一团团烟尘飞起来，好有动感。

蒙儿说："改天来，改天我跟妈要一分钱。一分钱两本书，到时候再借一本《血战金沙滩》。杨七郎会横箭呢，他横眉冷对，射过来的箭就射不到他身上，纷纷向他的两边分开，落下去。"

我觉得这小人书怎么就这么神奇。

蒙儿说："手暖和了吧？暖和了我们走。"

我恋恋不舍地放下手中的小人书，和蒙儿走了。

十

一路往前走，我发现怎么有那么多的小人书摊。原来怎么没有注意呢？四方街那边有一个，劳动街进去不远有一个，快到蒙儿的亲妈舒妈家时，斜对过儿也有一个。我翻了《挑滑车》，翻了《草船借箭》。蒙儿说："这是孔明，就是诸葛亮。明年清明，我们到他的坟上去。他摇的是羽毛扇。"我觉得孔明最没意思，只会扇扇子。蒙儿说："别着急，将来慢慢看。"

奶妈做的棉窝子真暖和呀！奶妈做的元宵也好吃。还有新裤子哩，还有花刀呢。那把花刀是一把大刀，木头的，明黄色的底子，上面画满了红色、黑色和绿色的花纹，用银色勾出来刀刃，真的像一把青龙偃月刀；那个斑鸠哨子是泥捏的，用火烧了，染成黑色，上面有红的、白的、绿的斑点，一吹就发出鸽哨那样的声音。

但我忽然喜欢上了蒙儿的东西。地桌上，蒙儿把大字本铺开，垫上影格，把砚台放好，开始磨墨。蒙儿的那只墨锭小巧，上面烫了金字，那是蒙儿的亲爸给他的。蒙儿已写了好几本大字了。

我拿着蒙儿的那支笔看。蒙儿说："你还不得行呢。"

奶妈说："快过年了，翻过年你就四岁了。再过两年，你也要念书了。"

蒙儿说："我教你拿笔，拿笔时手心要空，如握悬卵，楚爸这么教我的。"蒙儿就在影格本上写字了。蒙儿说："将来你要把字写好了，我就给你画圈。"蒙儿认真地写了几笔。

蒙儿叫我看他的课本，那些课文都有插图。蒙儿说："你学会认字，就能看岳云了。我还教你看李元霸和秦琼呢。哎呀，你还没听过书，好听得很。不过你要认得字了，就能自己看。你自己看，一个人享受。"

蒙儿说："看，横平竖直，横如卧蚕，竖如悬针，撇如秋刀，点如滴墨。哎呀，你的手连笔都抓不好，你写字时要把身子坐直。你把手都弄脏了，来，我给你洗手。你别拿毛笔了，我给你一个铅笔头，这个肉肉的是橡皮头，你不想要了就用它擦干净……"

突然，我一抬头看见母亲站在面前，母亲和颜悦色，我从来没有看见过母亲有这样的面孔。母亲穿一身灰色的列宁装，探头朝我们练字的地桌上看。母亲是一个没文化的人，参加工作时上过扫盲班，对那些教书人很是敬佩。

我看见母亲就惊慌地站起来。母亲说："蒙儿，你在教庭儿认字啊？"蒙儿说："他想学呢。"母亲从来没有这样，居然对蒙儿欣赏地笑笑，说："哎哟，还有墨锭和墨盒呢。"母亲没有说让我回去。

母亲进门时，奶妈有点儿不安。奶妈看母亲这样，知道我不会再挨打，就赶紧下厨房。一会儿奶妈给母亲端来一碗元宵，元宵里放了醪糟和荷包鸡蛋。母亲也没推让。

这真让我震惊，原来母亲喜欢我看书学文化。蒙儿有一点儿拘谨，不过立马大胆地说："姨姨，庭儿爱看书，你就叫他在这儿玩吧。"

母亲友好地问："你上几年级？"

奶妈说："刚升二年级。"

蒙儿说："我还要教他学算术呢。"

母亲笑了。哎呀！原来母亲笑起来那么亲切，那么动人啊！

　　母亲看了我的花刀，看了斑鸠哨子，看了奶妈做的新裤子和新棉鞋，并且亲自给我把棉窝子穿上，在脚趾和后跟处捏捏，说："得行，合适。"

　　奶妈是那样开心。

十一

　　蒙儿真的跟奶妈要了一分钱，给我借了一本《岳云》；蒙儿还给我借了一本《瓦岗寨》。一个多月过去了，连奶爸也给我带小人书回来了。又过了一个月，蒙儿开始跟我探讨：到底是大刀厉害还是锏厉害，是钢鞭厉害还是长枪厉害。蒙儿最后认为是方天画戟厉害，因为天下第一英雄吕布使它；但我始终认为是锤厉害，因为岳云使的就是锤，天下第一好汉李元霸，第三好汉裴元庆也使的是锤。既然这样，蒙儿就去找四平，在他家自留地里摘了两个小北瓜，蒙儿在北瓜上扎了棍子，对我说："这就是锤，是瓜锤。你试试如何。"我觉得这对"瓜锤"不是那么好使。不过我依然佩服岳云。

　　蒙儿教会我拿铅笔，教会我画横平竖直，教会我画鸡蛋，教会我画辣椒和茄子，教会我画人的头发和鼻子……蒙儿给我找了一张白纸，给我个铅笔头，让我影在小人书上描岳云。哎呀，我描得真不错。我描的岳云是那么清秀。后来我用这个本事，还描绘过马克思。我觉得马克思好描多啦，无非是长头发连着大胡子。我最爱描岳云额头上的红缨，还有奔马脚下的烟尘；我也爱描马蹄；我还爱描头盔和铠甲；我觉得最不好描的就是手，那手变化万千，最不好掌握；还有人变化万千的眼神。唉，可惜我就止于这一步，我这一辈子没有碰到一个好画师。

母亲似乎不再介意蒙儿来找我。母亲看见蒙儿拿着滑石，在地上教我写1、2、3那些数字。蒙儿教我从1数到100，蒙儿还教我认识那些"+－×÷"符号。

蒙儿跟奶妈要钱，跟他的亲妈要钱，借那些小人书。蒙儿还找楚爸借书。蒙儿说："我才知道你这么爱看小人书呀！"

正当我陶醉于那些小人书，陶醉于在河滩里用竹竿当长枪，用竹棍当锏，用柳枝当奔马，用芦叶当箭，用锅盖当挡箭牌，用簸箕当战鼓……并且像孔明那样，要一些小计谋，在沙坝里设陷阱，在苇垄里设迷魂阵，在小巷子里设埋伏的时候，我的父亲工作调动了。父亲要带着全家，到沮水河畔的大山里去了。

那是春节刚过，父亲带着全家人走了。但是我没有走，我死活不上那个看上去像一个巨大的屎壳郎一样的大道奇汽车。母亲和二哥都说我胆小，不敢坐汽车。于是我就留下来了。那个初春好幸福呀！我除了看小人书，就是等下午蒙儿放学以后，两人一起到河滩去玩。

但是到了5月，母亲突然捎话让把我捎到山里去。那是一个明媚的早晨，蒙儿早早上学走了，奶爸把我送到西门外北马路边上。那里停着一辆马车，奶爸嘱咐那个马车夫说："路上千万小心。"奶爸把一张地桌翻过来平搁在马车上，让我坐在地桌四条腿的框框里。奶爸说："你别出这个框框。"

我不认识那个马车夫，那个马车夫一路上也不说话。

过了水磨湾就进山。好大的山呀！山里的树好密呀！山里的花好鲜艳呀！山里的树结那么多红红的果果，山里的空气和沔河的空气一样清新呀！马车夫甩鞭子甩得好响呀！那一下鞭子叭的一声像打了个闪电。路好长呀！摇摇晃晃地把我拉到哪里去呀？再也看不见奶妈了呀！再也看不见蒙儿了呀！怎么没有跟蒙儿告别就走啦！啊啊啊啊！

在一道高梁上马车夫把车停下。马车夫站在路边尿了一泡尿。那匹栗色的马儿也尿了一泡尿。马儿的那一泡尿好多呀！马儿的那一泡尿上面好多的白沫子呀！

马车夫说："沮水到了。看见沮水河了吧？"

我看见前面山底下是一片宽阔的坝子，一条河在山底下蜿蜒。河水银光闪闪，但是没有沔河宽阔。群山起伏，但是没有一座山像定军山那样秀丽呀！

啊呀，这是哪里呀？

十二

我看见那条河虽然不宽但是河水好像很深，要不然为什么四五条渡船并排停在河里连接成一座浮桥呢。两边都有桥板从石滩上搭到船桥上去。

马车夫把马车停在河滩里，用一只手把我扶上船桥。

我觉得这桥有点儿摇晃。渡船都有船舱，我看见船舱都有船篷。我看着脚下。快下桥了，突然听见母亲喊我的声音。母亲从来没有这样亲热地高昂地呼喊过我。我一激动，一只脚滑到桥板下的河水里。但我很快把脚拔了上来，顺手脱掉了那只踩湿了的布鞋。我看见母亲拉着妹妹从对面的石滩上朝我跑过来，石滩上净是些鹅卵石。我真担心母亲和妹妹把脚崴一下。母亲过来就拉住我的手。母亲三两下就甩干了鞋子上的水，给我把鞋子套在脚上。母亲拉着我和妹妹的手一起走在小路上。

哎呀，母亲从来没有像今天这样对我这么亲切。

这是一个在半山坡的区公所。我第一次离大山这么近。离大山近，离父亲母亲也就近了，但是我还是很少看见父亲。

二哥和三哥居然在这里的小学上学了。母亲和学校的老师一起到山坡上去割麦子。母亲戴一顶金色的新草帽，手拿镰刀，从一道坡坎上一跃跳下去，我忽然觉得母亲像青年人一样朝气蓬勃。母亲和老师们一起在山坡上点火从山洞里熏出来一只狐狸。那只狐狸放了一个臭屁，母亲说："哎哟，那个屁差点儿把我熏晕过去了。"

我和妹妹到二哥三哥他们的学校去玩，学校的操场边有一溜樱桃树，我爬上树去摘樱桃，樱桃快要熟了。我喜欢玩树胶，那树胶柔柔软软像一个小面团，比面团有弹性。

一个小阿姨来带我和妹妹。这是个纯粹的山妹子。她带我们坐在半坡上，教我们用麦秆吹黄豆，那根麦秆的一头被山妹子劈开了，几片茬儿分开像个漏斗，把麦秆竖起来，用嘴轻轻地从下面吹，黄豆就在漏斗里跳。啊，这太原始了！还用劳豆子做哨子呢，劳豆子吹起来呱呱呱像蛤蟆叫。啊呀，这也太初级了！难道她不知道我已经会下河捡贝壳和抓麻鱼儿了吗？难道她不知道我已经能用蛛丝网网蜻蜓了吗？难道她不知道我已经能用面团粘蝉虫了吗？难道她不知道我已经能挥舞着木头盒子枪打冲锋了吗？难道她不知道我已经会看《岳云》了吗？哎呀，还是蒙儿知我的心！

沮水和沔河一样清澈。沮水像沔河一样有鱼。沮水里还有河鳖，河鳖常常爬到对岸的岩石上晒背。山里人走过去，一伸手就把河鳖翻了，河鳖翻了就再没法跑了。河鳖的眼睛睁得圆圆的，四个爪子蹬得扑腾腾的。河鳖的脖子缩回去又伸出来，伸出来又缩回去。不过沔河里也有河鳖呀！我看见梁瘸子在沔河边打鱼时抓了一只河鳖，有小脸盆那么大。蒙儿说还有比那个还要大的鳖呢，有筛子那么大！哎呀，蒙儿真是无所不知的呀！沮水，你清清地流，你没有沔河灿烂多姿呀！

年轻人用石灰瓶在沮水河炸鱼，河面上白花花漂了一层鱼，二哥用撮箕下河捞鱼，好多的麻鱼儿，端回去让母亲裹了面糊炸鱼吃。我吃着香酥的麻鱼儿，心里想：沔河人都是网鱼，沔河人都是把云一样的网撒出去；沔河人还撑小小的渔舟，在清清的激流里打旋子；沔河人伸出手臂，让鱼鹰从手背上飞出去。

那个黄昏，天快黑时，厨房的师傅去上厕所，厨师大呼小叫地从厕所里跑出来，一把把厕所门扣住，原来厕所里蹲了一只豹子。父亲听见呼叫声就提着手枪出来了，是一只金钱豹，它把厕所的门扑开，跳到院子里。父亲抬手就是一枪，金钱豹蹿上墙头，父亲又是一枪，金钱豹吼叫一声跳下墙窜进山林。好险哪！

没有街道，公路边只有一个裁缝铺、一个杂货铺子。公路通向远方，一天却难得看见一辆过路的汽车。我站在公路上，我知道我坐马车过来的方向，我站在公路上是那么渺小；看远方，远方是那么神秘。

母亲在裁缝铺里，父亲站在裁缝铺门口。我问父亲："爸爸，前头是啥地方？"父亲说了一个我没有听说过的名字。我想："何时再来一辆马车，把我拉回到沔河的岸边去呢？"

十三

转眼间秋天到了，父亲挎着盒子枪，拄着棍子进深山去了，一个干部护秋时被黑瞎子——也就是黑熊抓伤了，被抬回区公所。

后山坡的核桃熟了，二哥带我和三哥去打核桃。好高的核桃树，我仰头看树上的核桃，结果滚了坡。坡下面是一个堰塘，二哥在塘坎边把我拦住了。

我不记得冬天是怎么过去的，只记得母亲买了火盆架子和火盆，父亲用火钳把火红的木炭架起来，睡觉时又把它们埋在炭灰里，第二天早晨刨出来吹着。

在这沅水河畔，母亲再也没有打过我。就这样又到了春天。

二哥带回来一张蚕卵纸。巴掌大的绵纸上，布满密密麻麻的蚕卵。二哥说要把蚕虫孵出来，得把绵纸夹在胳肢窝里。几天工夫，绵纸上出现了黑黑的细细的幼小的蚕虫。母亲说赶快去找桑叶。

这样我们就顺着山坡走，山里的春天很是明媚。这样我又认识了桑泡，认识了山泡。好多的山泡，红白相间，带点儿粉刺，小路边到处都是。公路边有人卖山泡，一分钱一包，用草纸包着。

小蚕虫在长大，一层层蜕皮。小蚕虫吃桑叶沙沙有声。小蚕虫能立起来吃桑叶，小蚕虫吃桑叶那么努力。看蚕虫、养蚕虫能使人安静。

那个女孩儿叫匆匆，那个女孩儿好漂亮，那个女孩儿又漂亮又活泼，那个女孩儿的母亲是二哥和三哥的老师，那个女孩儿的母亲又端庄、又大方、又热情，那个女孩儿被她母亲带着到区公所给我们送行来了，我们家要离开沮水，搬回到沔河边去了。

又是巨大的屎壳郎一样的大道奇汽车。又是把地桌翻过来四腿朝天地搁在车上，我仍坐在四条腿的框框里。不过我这次已不再安分。我爬到车厢前头，迫不及待地向前面张望。

山路已不再新奇。我在水磨湾看见了一架水车，来的时候怎么没有注意到呢？我又看见了熟悉的北马路。汽车开进县人委大门，进门是一面雪白的照壁，照壁上刷有红色的大字。汽车在一个空旷的场地停下，母亲跳下车来，扯下两捆从山里买来的小橡子干柴，小橡子树晒干的枝干灰白，干黄的树叶间还能看见小橡子果果。两个干部跑过来帮我们抬下来一个木头卧柜，这个卧柜是母亲临走时才买来准备装粮食的，卧柜的木盖子上面还可以擀面。我和母亲、二哥、三哥拿那些锅碗瓢勺。两个干部又过来帮我们搬下来一口棕箱，母亲又过来搬走了地桌，二哥、三哥和我搬走了几只小板凳，大家一起搬了两床被子、两条草帘、两条褥子、两条床单包的两包袱旧衣裳，这一切都搁在场地边上。

场地的一边，种着一大片青萝卜，萝卜的个儿头好大，萝卜的大半截身子都露出在菜地的土面上，我从来没有见过这样青色的又高又壮的萝卜。沔河一带的萝卜都是胭脂红的，就是夏天的水萝卜也是白里透红。一个干部站在萝卜地边对母亲说，这个品种是从苏联引过来的，这种萝卜含糖量高，所以又叫糖萝卜。

绕过一道青砖砌的花墙，进一个大圆门，就到了萝卜地的那头。地那头又有一小片空地，空地那边有一排老式的砖木结构的高房子，房子面对着萝卜地。母亲带我们搬着板凳、地桌，抱着草帘、被褥走进一个房间。只见屋子进深挺长，地面潮湿，室内光线昏暗，只有后墙上有一个窗户，窗户很小，两个小窗框上镶着两块玻璃，窗户撑不开，大人要站在凳子上才能看见窗户外面的状况。窗户外面没有围墙，直接就是北马路。有人说这排房子过去是马车店的马厩，后来改造了一下，隔开让人住。屋顶上是一层老旧的篾席顶棚，顶棚下吊着一只光溜溜的白炽灯。母亲把开关绳拉了一下，灯亮了。两个干部进来，用四条长凳两张床板支起了两张床，把那个卧柜放在了两张床头的中间。母亲把床铺好，对我和二哥、三哥说："好了，今夜起你们三个在这屋里住。两个小的睡两头，睡一个被窝。"

十四

吃的是大灶，那两捆从山里买来的小橡子干柴白带了。母亲把干柴立在墙角。所有的人都吃食堂，粮食由炊事员掌握。炊事员真是个好职业呀，开饭的时候大家都吸着肚子眼瞅着炊事员手中的铁勺。饭没有说的，都蒸在竹屉大蒸笼里，二两四两两种不同的标准，随你拿着手中的饭票选择，像母亲这样的一个月二十四斤口粮标准，二哥、三哥这样的十几斤，我和妹妹的口粮十斤刚出头。哎呀，这怎么吃得饱，我们兄妹正是吃饭长个子的时候。关键就看那把铁勺了。大灶上的菜每天都是清水煮白菜萝卜，要开饭了，炊事员拿一个油瓶，往清汤里滴几滴菜籽油，炊事员舀菜时如果对你不偏心，那就款款地把上面漂的菜籽油一起舀起来，如果不友好，那就把铁勺一斜，上面漂的油就流了出去。每次买饭都是母亲和二哥三哥去，母亲端一碗汤菜一碗饭，二哥双手端一碗饭，烫得嘴里吸溜个不停，三哥抱两个空碗拿一把筷子。炊事房外面就是那个停车的场地，场地西边有一个石头水槽，我们站在石槽边吃饭。

母亲把汤菜和米饭搁在石槽上，两碗饭八两，一天两顿饭一斤六两，再没有多余的。母亲用筷子先分一小坨米饭给妹妹，再分一小半给我，剩下的一半给三哥。母亲和二哥两个人分一碗饭，母亲的少二哥的多。我不到吃饭时肚子就咕咕叫，然而每次吃饭就那么一口。肚子饿时就去井坎边喝冷水，冷水把肚子撑得滚圆。

炊事房也在开动脑筋。炊事房不知从何处搞来了麸子皮，他们用麸子皮做馍馍，麸子皮馍馍不好吃。

父亲又带我去了一趟鸭儿塘小庙，鸭儿塘小庙重新住了一家人。男主人年龄和父亲相仿，戴一顶深灰色布帽，看起来既和善又庄重。我跟在父亲身后走，男主人隔着洼地站在台阶上和父亲打招呼。男主人和父亲很熟，他身边站了三个五到十岁的女孩子，女孩子个个都长得白净。

那天早晨，我从圆门出来，绕过照壁出了大门，上了北马路，一直往东走，就到了北门口。北门口有一片空旷的场地，我过了石砌的北门桥，顺解放街往南走，端端地就到了大十字，我对大十字太熟悉了。我向左拐到民主街，走过刘家巷口，到了豆芽巷口，拐进豆芽巷，前面就是劳动街和豆芽巷小十字。远远地就看见小十字南巷口有一个人像奶妈。那人果然是奶妈，奶妈面前放了一个木头高凳，凳子上放着一只簸筐，簸筐上搭了一条蒸单布，蒸单布下面是奶妈做的豆渣馍。奶妈脊背上背了一个半岁娃儿，她在卖豆渣馍。

老远就看见奶妈笑了。奶妈说："我们庭儿回来了！快来，看你的这个小弟弟。娃儿，快睁开眼睛，看你的庭儿哥哥。"奶妈掀开蒸单布，拿了一个豆渣馍，说："饿了吧？

吃一个豆渣馍。"

奶妈两年前有了自己的女儿，女儿叫义珍。奶妈现在又有了自己的亲生儿子。

奶妈说："不卖馍了。"一手把篓筐提起来，一手去端高凳。我帮奶妈把高凳抱上，又扛上肩头。

奶妈一路上和人打招呼："我们家庭儿回来了。"

四平的老爸坐门口抽旱烟，朝屋里喊："平娃，庭儿回来了。"

四平就出来，睁着白多黑少的眼睛，跟在我们后面。

我说："四平！"

郑家婶从屋里出来了，跟着出来的是郑家婶年轻时奶的和我同岁的，奶大后不愿回自己亲妈家，留在郑家，随郑家姓了的女孩儿娟儿。娟儿长得白净。

娟儿收拾得干干净净，招呼我："庭儿！"

我说："娟儿。"

一进堂屋门，义珍就叫我哥哥。

奶妈说："蒙儿上学去了，还没有放学呢。"

奶妈进睡房把娃儿搁好，出来说："叫我看看。哎哟，长个子了。裤子短了。脚指头到外头来了，刚好，开年的时候，给你做了一双新鞋，在顶柜麻篮里给你搁着呢。"奶妈进睡房拿出来，说："坐过来，坐小板凳上给你试鞋。"

万婶婶站在门口，说："哎哟，是庭儿回来了！"

十五

蒙儿急匆匆往家走，还没进门就喊："听说庭儿回来了！"我赶紧站起来。蒙儿一步跨进门："哎哟，真是庭儿回来了！庭儿，你回来了？你咋回来了？我说嘛，咋没见妈今天卖馍了，赵家客栈的婆婆说，你不知道？你们庭儿回来了！"

蒙儿长高了一截。蒙儿把书包在门背后挂好，说："庭儿，叔叔姨姨也都回来了吧？"

奶妈说："听人说回来了。"

蒙儿说："庭儿，你长高了。这下好了，我们又可以下河玩了。"

奶妈说："光知道玩呀！"

蒙儿说："妈，你和庭儿说话，我下厨房去。今日晌午我们做蒸饭吧？"

奶妈说："顶楼梁上我挂了一块腊肉呢，一个春天没舍得吃，你把它取下来拿清水泡上。"

就听见蒙儿在米缸里舀米的声音。蒙儿把水缸盖揭开，说："没水了。"说完就在过道边拿扁担，在水缸边拿水桶。

我说："蒙儿你下河呀？"

蒙儿说："我到浸水泉担水去。"

我说："我也要去。"

奶妈说："哎呀，一步都离不开河呀！"

我就跟蒙儿出了后门，穿过后院坝，沿着苇坑边的小路，往河坎那边走。小路两边有几窝苇子，苇叶伸到小路上来扫我们的脸。小路尽头是几块菜地，菜地那面就是河坎。河坎上面原来是城墙，城墙上有一个豁口，但是后来，城墙被拆了，河坎上就只剩下一道矮矮的城墙基，那个豁口还在。

站在河坎上，就看见了下面的小河，和对岸的沙滩、芦苇滩，大片的芦苇随风摇曳；芦苇滩那边就是大河，大河在沙滩和芦苇滩那边闪烁；大河对面高岸上是广阔的田野，尽头就是起起伏伏秀丽的定军山。

啊！沔河！又看见你了。我在襁褓中时，就听见沔河哗哗的流水声，听见渔舟唱晚和女人们在河边洗涤时的喧闹声；我刚蹒跚学步，就从后门口望见定军山，嗅到河岸那边飘来的桃花和李花的气息；我刚咿呀学语，就听人讲这古城和定军山的故事；我还不知五谷之香，就喝这沔河甘甜的浸水泉泉水……

我站在河坎上，深深地呼吸。

蒙儿说："好爽的风啊！庭儿，你听那芦苇沙沙地响。下午放学我早点儿回来，我要找楚爸要几张棉皮纸，跟郑家叔要篾条，妈纺的有线哩。我要给你扎一个风筝，我们一起到河坎上放风筝。那风筝必定飞得高，一定能飞到大河那边去。它要是飞到定军山那就随它去了；它要是飞不到，我们就款款地收它回来；它要是落到对岸，我就去找后院的鸡蛋，我对鸡蛋说，叫你的哥哥水生把老鸦船撑上，把我们送到河对岸去，我们家庭儿的风筝落在对岸的地里了。水生也许不愿意，但鸡蛋那女孩儿一定会跟她的哥哥哭闹。庭儿你今天不要走，你就在妈这里耍，在家等着我呀！”

我激动得不能言语。

蒙儿说：“你看那面，岸坎边的水楗去年冬天刚刚修过，下面的小河变宽展了。过些日子，天热了，娃儿们必定去那里浮水，你过来我们去看他们浮水、踩水、扎猛子，斜对过儿俭成能从河这头扎到那头，他从那片芦苇下面钻出来，钻出来时没准就抱着一条大鲤鱼……”

我要醉了。

十六

这天中午我没有和母亲一起吃饭，母亲问我到哪去了，我不言语，母亲说：“去奶妈家了吧？”我不吭声。母亲不悦。不过母亲说：“去了你就说去了，我还要去看他们呢。听说你奶妈生了个男孩子。这下好了，有自己亲亲的儿子了。庭儿你记住，你以后见了奶妈不准再像蒙儿那样，跟着他一样叫妈。你要叫她姨姨。你记住了吗？叫姨姨。妈不是随便叫的。"

我的心里像打翻了五味瓶一样。我从刚学说话就随了蒙儿把奶妈叫妈，已经叫了五年了，怎么能改口？在我的心目中，奶妈是最疼我的人。

母亲明显看出了我的心思，更加不悦。我看见母亲的脸唰地一下黑下来，我的脸变得惨白。

果然母亲去看奶妈了，母亲去看奶妈还把我带上。母亲给奶妈的孩子买了两桶炼乳，在那个年代，这一定是顶级配置。

母亲穿着干净的夏装，母亲留着干净的过耳短发。我又想起万婶婶说我的母亲："你妈那时候穿一身灰色的干部装，背一杆长枪，从这街上走过时潇洒得很。"

母亲现在走路依然有几分英姿。

奶妈看见母亲来了，赶快给母亲端板凳。母亲大大方方在奶妈家堂屋坐了。我跟在母亲后面走，到了门外面不敢进门。我站在门柱旁边。

奶妈说："庭儿他妈你来了？哎哟，庭儿也来了。"

母亲说："咋不进来，进来叫姨姨。"

我看见奶妈的脸一下子白了，但又马上恢复了。奶妈说："庭儿你进来。"

母亲说："这么大了不知道招呼人，往进来走，进来叫姨姨。"

我进到门里头，低着头不说话，看自己的脚尖。

母亲说："不懂事。"然后说："他姨姨，听说你生了一个男娃？"

奶妈笑说："就说呢。"

母亲说："恭喜呀，这就有儿子啦！让我看看你们的宝贝疙瘩，我给他买了炼乳。"说完把炼乳拿出来。已经走到堂屋门口的郑家婶说："庭儿他妈，你来了？好精致的炼乳呀，郑家，你来看看吧。"

郑家叔于是从隔壁屋里出来，认真地看了一看，说："好东西！"

奶妈就进睡房把娃儿抱出来了，说："娃儿醒醒，快醒来看你姨姨。"

母亲说："是一个宝贝疙瘩呀，是一个人参娃娃呀！起了个什么名字？"

奶妈说："义能儿。"

母亲说："好，长大了有出息。"

小娃娃睁开眼，奶妈说："看姨姨，给姨姨笑一个。"

母亲说："还不行呢。"

奶妈说："小乖蛋，看你的庭儿哥哥。"小娃儿一咧嘴笑了。

奶妈说："笑了笑了。"

母亲说："好，看过娃儿了，我去看看他万婶婶。"

奶妈说："连口水都没喝。"

母亲说："到他万婶婶家喝去。"又对我说："跟我走，跟你姨姨再见。"

我依然站在那里不吭声，看自己的脚尖。

母亲说："木头人！——那好，我自己去你万婶婶那里看看。"

母亲出门走了，我把眼抬起来。

十七

那个黄昏太阳还没有下山，父亲带着我出了大门沿北马路往西走。我们走上一条小路。小路旁是青青的菜地。菜地里是绿油油的芹菜、卷心菜，还有大葱。父亲破天荒地把我的手拉在自己手心里，这是从来没有过的事。在我的记忆中，父亲总是忙。父亲从来没有像今天这样消闲，也从来没有像今天这样亲切。父亲拉着我走了一段路又转过来往回走，这就走向了去沔河的方向。在我们的前面，是西门外河滩上密密的树林子，从树林子上面望过去，是定军山西边的箭牌山。于是父亲给我讲了黄忠老将刀劈夏侯渊的故事。父亲不善于表达，讲得非常简单。这个故事蒙儿过去给我讲过，奶妈家东隔壁尤家婶家的尤丑儿也给我讲过。父亲只是寥寥几句话，父亲说："黄忠老将使一个拖刀计，假意败下阵来，等夏侯渊追上来，回马一刀，把夏侯渊斩落马下。"父亲言语不多，但这天很有兴致。

父亲讲故事这件事比故事本身重要得多，表达了父亲对我的关爱。这天我觉得父亲的手非常温暖，我朝父亲的身边靠一靠，把脸贴在父亲的胳膊上。

好像一夜之间可以不吃大灶了，母亲在西门外买了一个烧柴草的灶头，从沮水带回来的锅碗瓢勺派上了用场。母亲带我和妹妹提着小笼筐，到城西的路边采摘榆钱，还带我们到院墙外的坡坎和地垄挖荠菜。母亲也好像有情趣了，一边带我们挖野菜一边唱歌。

母亲唱的那些歌太古老了，什么"夏连着夏，冬连着冬，受苦的人代代受贫穷""有钱的人，热炕上坐，烧酒壶子拿在手当中"；什么"大轱辘车呀，轱辘轱辘转呀，转呀转呀转呀"；什么"为什么，求解放？为什么，打老蒋？……"母亲唱的是她那一代人的青春。

除了母亲的顺口溜"荠荠菜，蒸包子，老爷吃了耍刀子"之外，母亲的歌都和我有点儿距离。还是奶妈的"麻雀麻雀尾巴长，接个媳妇不要娘。娘，娘，你别哭，给你烧个红萝卜；媳妇媳妇你别哭，给你杀鸡炖豆腐"接地气。

不过母亲难得这样。母亲能教我唱歌念顺口溜已是一个巨大的进步。

春天过了是夏天。夏天也快要过去了，天气已不太炎热。

那天母亲好高兴呀，不过我比母亲还要高兴。母亲用灰色的平布给我做了一个书包，要送我上学。我给母亲演示了一下，背过了1到100，还用铅笔写了蒙儿教我写的几个数字。母亲给我换上了干净的衣服，牵着我往学校走。母亲是牵着我走而不是扯呀，我差点儿晕了！我挣脱母亲，在前面跑。北马路下边往北拐是通往学校的大路。还不到大路口，我就从北马路下面干涸的边沟上一跃而过，那一跃跳得好远哟！我回过头，看见母亲开心地笑，便一连往前大跨了三步。

我通过了数数测试，量了身高，一口说出了自己的学名，我还要给老师写数字，老师说："好了。"于是我便领到了作业本和书。我有自己的书了！我把那书幸福地抱着，细心地装进书包里。

十八

那个老师叫凯茹，她小小的个子，有一双和善关爱的眼睛。那个老师讲拼音字母讲得好，讲笔画结构也讲得好，喜欢积极回答提问的学生，总是给我写的大字画最多的红圈儿，她不知道我随蒙儿学过写字。还有二哥呢，二哥也在教我学习笔画结构。

我如何报答凯茹老师？我看见凯茹老师的指字棍又小又短。我找蒙儿跟篾匠郑家叔要了一根竹棍，给老师做了一根体体面面的教鞭。我在早自习前悄悄把教鞭给老师挂在讲台边的墙上，我看见凯茹老师因此受了感动。

啊！原来报答老师也这么幸福！

最主要的是母亲。母亲看我写字的眼神就是鼓励。从"我叫你跑""我叫你没耳核心"，到鼓励的眼神；从拧耳朵、用棍子抽，到奖励一支铅笔。母亲真的是有赏有罚，了不得！

奶妈和母亲都没文化。母亲上过扫盲班，奶妈连自己的名字都不会写。不过她们都关心我的学习。每次去奶妈家，奶妈都给我把地桌摆好，把小板凳摆好。我最喜欢那个白杨木的又轻又有手感的小板凳，我曾和义能儿把它翻过来当马骑。现在我坐在这个小板凳上写字，蒙儿教我如何运笔，如何起笔如何收笔，如何在影格里摆正大字的位置。

那个凯茹老师真了不得。她教我们造句，她能造各种不同的句式。原来同样的汉字，经过不同式样的排列组合，就有了不同的、丰富的、变化万千的、千姿百态的、可叹可泣的、可笑可哭的、可捧可杀的、可咒可夸的……内容。

她还会背诗呢，她还会抑扬顿挫呢，她还会划分段落呢……凯茹老师有一天病了，我打听到凯茹老师的家，准备去看望她。我勇猛地、胆怯地、试探地、石破天惊地、有备而来地……第一次和母亲要钱。母亲惊讶地盯着我："老实说，你要钱干啥？"我说："凯茹老师病了……"母亲高兴地、激动地、如有所获地、开天辟地地……给了我二分钱。我们十几个同学把钱凑在一起，给凯茹老师买了一包点心。凯茹老师的家在一口水井旁边，那口水井用握杆打水，握杆的一头连着一根横杆，横杆的一头绑着一块片石，握杆的另一头绑着水桶，绑桶的绳子是个活套，把桶绑好，抓住握杆，送进井口，一把一把下到井底，装满了水，轻轻地一提握杆，一桶水就露出井口。

　　凯茹老师坐在床上，身上围了一床被子，头上围了一条毛巾。我们十几个小学生，围站在凯茹老师的床边。我把点心给凯茹老师放在桌子上，凯茹老师好感动。

　　冬天到了，奶爸从西门口食堂调到北马路食堂上班来了。早晨天蒙蒙亮，当我和二哥、三哥在北马路北边走的时候，奶爸在南边路边食堂门口叫我，奶爸到路这边来把我拉到路那边去，让我在鏊子边烤手。奶爸给我做了一个特制的核桃馍，看起来和别的馍一般大，但上面的核桃仁多，比别的馍厚，烘烤得又酥。奶爸从自己身上掏出一两粮票三分钱，放进食堂的钱盒子里，说："买啦！"把核桃馍给我搁手上。奶爸笑呵呵地说："好了，上学去吧。"我跑到路那边给二哥和三哥分馍。又热、又香、又酥的核桃馍啊！

十九

我学会查《新华字典》了。

现在我自己能看小人书了。我到四方街和劳动街去，坐在租赁小人书的书店里，看着店主的脸色，蹭人家的小人书看。我拿着小人书这本翻翻，那本翻翻，如果店主不吭声，我就赶快一口气翻完。

蒙儿也曾给我租赁小人书，但是蒙儿没有那么多的钱。我终于发现了一个秘密。父亲有一个虎头牌手电筒，平常就扔在床上。这手电筒后盖里面顶电池的弹簧松了，父亲在手电筒里面电池的屁股上垫了两枚二分的镍币。我思虑再三，悄悄拿走了一枚。有好几天我不敢使用这枚镍币，看着风平浪静，我就到租赁小人书的店铺去，我和店主商量："一分钱可以借两本书，今天借明天还书，我给你一分钱，我不借走，我就坐在这里看，一次看五本行不行？"店主说："可以。"

于是我如饥似渴。我看了《黄天荡》，看了《走麦城》，看了《穆柯寨》，看了《李陵碑》，看了《借东风》……我对那个摇扇子的孔明越来越佩服。父亲似乎没有发现我的这个秘密，过几天又往手电筒里垫了一枚，几天后又被我悄悄拿走了。我看了《空城计》，看了《秦琼卖马》，看了《李逵探母》，看了《刘洪飞车搞机枪》，看了《打冈村》……父亲后来肯定知道了我这个秘密，不过父亲假装不知道罢了。父亲后来把垫在手电筒里的镍币从二分换成了五分。至少有两年时间，我都是拿父亲的这个钱看书。父亲绝对知道我这个秘密。后来我还把这个秘密带到汉中。不过那时候我看的是《草上飞》《飞刀华》《西汉故事连编》和《鲁滨逊和星期五》之类了。

在我这一生，父亲至少有三十年给我保守了这个秘密，因此也保护了我的自尊。

我们又搬了一次家，我们住进了一个幽静的院子，我们住的那个院子进门的过道旁边有几间平房，那里住着一个姓杜的打字员。一天，那个打字员和她的丈夫蹲在地上烧一堆旧文件，我在纸堆里看见了一本大开本的黑白相间的有点儿漫画风格的《小二黑结婚》，我一把拿起来，说："让我看看。"那个打字员的男人说："你拿去看去。"我于是拿回家慢慢翻看。不过我觉得这本《小二黑结婚》一点儿也不好看。我觉得最主要的是小二黑没有跟金旺干仗。小二黑应该跟金旺干仗。如果我是小二黑，我就迎面给金旺一拳。我一定要和金旺干仗。我要把两条手臂抡得像一架转动的风车，把金旺打个鼻青脸肿。我还要把金旺按在地上，问金旺悔不悔。

不过我想，那谁是小芹呢？后院坝的鸡蛋肯定不是，隔壁郑家的娟儿肯定不是，四平的姐姐荷花也不是。那谁是小芹呢？我想了又想，最后想："我才不管呢！我就想揍金旺一顿，我不管什么小芹不小芹的，我不管婆娘家的事情！"

那本《小二黑结婚》没过几天就找不到了。不过我记住了佝偻着脊背说"不宜栽种"的刘修德和那个拿着手帕绕来绕去的三仙姑妖精古怪的形象。

二十

北门场那块宽阔的空地，逢年过节和星期天晚上偶尔放露天电影。后来东南角那一片被围墙围起来了，看电影按规矩买票了。不过电影逐渐多了，每个星期差不多都有新片子。北门场的夜晚渐渐热闹起来，卖甘蔗的、卖瓜子的、卖小吃的，渐渐增多。实际上也就是几个摊点。奶妈最初在那里卖过几天元宵醪糟，后来卖粉皮。奶妈卖的是正宗的蕨根粉皮。奶妈买南山客从山里带来的正宗的蕨根粉坨子，调成浆用薄铁锅现烫现切现调。放一点儿熟豆芽，浇一勺姜汁，放一点儿油辣子和芥末，再放上醋和咸盐。奶妈调的粉皮又地道又好吃，二分钱一碗，很是热销！

看电影的人越来越多。虽然圈了围墙，进门后依然是看露天电影。看电影的人要么站着看，要么自己端上高凳、条凳或小板凳，天还没黑，早早地去占一个位置。大十字路口是繁华的所在，挂在那里的牌子上，每天白天都预告晚上的电影。奶爸和蒙儿带我去看过几次，《追鱼》《金沙江畔》《阿福寻宝记》《红孩子》……我和蒙儿每次都端着小板凳，我最爱端那个白杨木的小板凳。每次都是站在凳子上看，如果前头人站满了，蒙儿就把两个板凳摞起来，让我站高处看。蒙儿说："我能看见。"看露天电影都是晴天，月亮很亮。回家时，我们一边在月亮下走，一边讨论。尽兴之余，就在月光下追着踩自己的影子。

下午放学，从学校大门出来，北马路对过儿就是北门场，奶妈总是招呼我去吃粉皮；要是星期六，作业不多，就给我二分钱，说："让蒙儿晚上带你看电影去。"

遇到这种情况，看完电影我自然就可以留在奶妈家里过夜。

我最爱看那些打仗的电影：《宋景诗》《小刀会》《铁道游击队》《夏伯阳》……

我喜欢宋景诗胯下的跑马，更喜欢夏伯阳胯下的高头大马；喜欢捷克式轻机枪和马克沁重机枪；我自然佩服老洪，但更佩服李向阳。李向阳和老洪的驳壳枪给他们添色不少，原来驳壳枪就是盒子炮，父亲的盒子枪和他们的一模一样。

如果评女星，我首选祝希娟。我喜欢祝希娟坚定的眼神，还有她那个棱角分明的人中，那个人中透露出几分坚毅。《追鱼》里面的那个鱼精也可以。那个鱼精走路时脚下如踩浮萍，祝希娟和她一硬一软，一刚一柔。

如果评男星，那当然是郭振清了。我喜欢郭振清那个高高的鼻子，还有那对一挑一挑的眉毛，那里面包含了好多内容。当然主要还是因为他那把盒子枪了，在短枪里面，我觉得左轮、小八音、王八盒子，都达不到盒子枪的水平。

蒙儿带我看了一场《牛虻》。不好看，我没有看懂。牛虻就义时被打倒了又爬起来，血淋淋的，好恐怖。血淋淋地爬起来的人多了去了，关键是他的表情。他那个表情好像被处决的不是他，而是那些处决他的人。还有他摔碎十字架后的放声狂笑，好恐怖啊！

从电影院出来，大热天，我打了一个寒战。

二十一

父亲换了一处办公。

那天，父亲突然说要带我们看一场电影。二哥说是战斗片。傍晚，我和二哥、三哥搬着两条长凳去占位子。二哥扛着一个条凳在前面走，我和三哥抬着一个条凳在后面跟着。父亲和母亲拉着妹妹远远地落在后面。

这天我们坐在人群中间，就听见有人在后面小声说："人家是打过仗的。"

这天放映的是《红日》。好像没有什么特别突出的人物。最多的是战斗，印象深刻的是大炮飞机，还有那首非常好听的"一座座青山紧相连，一朵朵白云绕山间"的女声插曲。

看电影出来，父亲、母亲和二哥在一起走。二哥说："爸爸，打山头的时候是喊的'攻上孟良崮，活捉张灵甫'吗？"父亲说："是那样的。不过打济南时炮火比那还要凶。冲进济南城时吼的是'攻进济南府，活捉王耀武！'"这天父亲好像有些不平静。

次日是星期天，有一副春天的样子，我到父亲的办公室去。我看见阳光很好，在高台阶上，父亲办公室的门大开着。我使一把劲儿一步上到台阶上。父亲刚刚刮完胡子。父亲有一个精致的手动剃须刀，还有一个小巧的指甲刀。我羡慕地看着父亲剃须刀匣子里的那面小镜子。那面小镜子把阳光反射到墙上。这天父亲破天荒地给我剪了一次手指甲。父亲端一个小凳子坐在门口的阳光里。我趴在父亲的腿上，父亲小心翼翼地给我剪指甲，末了把指甲刀上的小锉子翻开，捉住我的手指细细打磨。我觉得父亲那么慈祥，感受到父亲手上脉搏的跳动。

父亲站起来，又端一个方凳子放在门口，转身摘下墙上的盒子枪，顺手从抽屉边扯出一条丝巾。父亲手指一动，枪盒子的木盖翻开，父亲拔出枪，枪把下面飘着火红的绸子。父亲拿着枪比画了一下，把枪放在阳光下的方凳子上。

父亲用丝巾轻轻地擦枪。从枪管、枪身、枪机到枪把儿，末了退出弹匣，把弹匣里的子弹一颗颗退出来。黄铮铮的手枪子弹，弹头圆圆的。我惊奇地凑上前去看那手枪。父亲说："这是德国造，快慢机，二十连响。"我似懂非懂。趁父亲没注意，我伸手摸了摸子弹。我拿起一颗子弹，举起来放在阳光下面看。父亲把枪擦好，把子弹一颗颗擦好，又一颗颗压进弹匣里，然后把弹匣装上。父亲站起来，把保险机扳到单发位置。父亲从门口一跃跳下台阶，往前走几步，站定了，抬手朝远处的围墙开了一枪。围墙在五十米开外，上面用白石灰画了一个圆圈。父亲收了枪，把枪插进盒子。我跑去围墙跟前看，那一枪正中圆圈的中心。

父亲回到屋子，把枪挂起来，又打开床头一个大木箱子，抱出一个小小的木头匣子。父亲把匣子盖抽开，取出来几枚军功章和纪念章，把它们放在凳子上的阳光下面，另抽一块丝布一枚枚擦拭它们的表面。这是华东野战军颁发的军功章和纪念章，其中一枚是淮海战役胜利纪念章。

我后来知道：父亲在孟良崮战役立过战功。难怪父亲要看《红日》，难怪父亲看完《红日》后那么不平静。父亲识字不多，从来没有看过小说。

我问父亲："爸爸，你打过鬼子吗？"

父亲说："打过。"

"在哪里打过？"

"老家山东。"

"也是在微山湖吗？"

"离那里不远。"

"和老洪一样吗？"

"他们是游击队，我们是武工队。"

"你炸过鬼子的火车吗？"

"没有。"

"你俘虏过鬼子吗？"

"俘虏过。鬼子投降那年，我们押俘虏，一直押到即墨。"

"即墨在哪里？"

"在海边。"

"去那里干啥？"

"鬼子从那里上船滚回日本。"

……

我心里充满了对父亲的崇敬。

二十二

也就在这一年，一天，我回到家，看见父亲侧身在床上，头埋在被子里抽泣。父亲手上拿着一封信和一张照片。我站在门里，母亲说："你爷爷去世了。老家来了信。"

我从来没有见过爷爷。父亲自从随军离开老家，也只回去过一次。父亲坐起来说："看看你的爷爷吧。"我看见一张黑白照片。爷爷短头发，长长的眉梢，慈祥的眼睛，和父亲一样端正的鼻子，和善的笑容。

父亲说："你的爷爷当过长工，是个铁匠。"紧接着说："你好好学写字，将来好给你的叔叔们写信。"

这天的回信是二哥写的，父亲口授。父亲说："亲爱的二弟、三弟、四弟，你们好。身体好吗？来信收悉。得知父亲大人去世，我心里很悲痛。父亲一辈子辛苦，去世时我不在身边，未尽到孝心。无奈工作繁忙，脱不开身，路途又遥远，一时也无法回去……"后面是请几位弟弟谅解，对老家诸亲人和老家粮食收成的关心等，最后是"我和你们的嫂子及侄儿侄女一切都好，不必挂念"云云。

父亲平静下来后说："你们的奶奶早几年就去世了。你们的叔叔来信说，你们的奶奶去世时让人把她扶起来在村子里走了一圈，村里村外看了一遍，回家坐到椅子上就闭上了眼睛，很安详。记住你们老家的名字吧，那个村子叫龙虎庄。"

这是一个威武的名字，我只听了一次就记在了心里。父亲随信寄回去了十斤粮票和几十元钱，那都是他平常生活中省出来的。

母亲找到了一件差事。母亲参加工作八年，是县里屈指可数的妇女干部，但是她响应国家的号召，带头退职了，成了一名普通家属。母亲为这个后悔了一辈子。我天天挨打那年，母亲刚退职，一定心情不好，这是我后来的判断。母亲找的这个差事是帮粮站洗面袋子。粮站里积压了一批面袋子，受潮了，有的发霉了。母亲领回来浆洗。洗十条三分钱，一百条三角钱。母亲领回来几百条，全都要在木盆里泡过，然后一盆盆浆洗。不过母亲洗之前先在地上铺一张大床单，床单上再铺一张油布，然后把空面袋倒提起来使劲儿抖，从面袋上抖下来的是一些尘灰和少许带着绿毛的面灰，几百条面袋子抖完，用笤帚扫一扫，居然得到一大盆灰面粉。母亲抑制不住心中的喜悦，开心地说："我们有面吃了，我要给你们蒸包子。"

那几天后院扯满了绳子，上面晾晒的是母亲洗干净的面袋子。

母亲洗完面袋子站起来捶捶后腰，从瓦罐里舀出两碗小豆，把小豆泡过，在大锅里煮七成熟，包豆馅包子。我跟母亲学着包包子。

后半晌，母亲在灶台上和案子上忙，我和三哥轮换着拉风箱，一直拉到黄昏。母亲的奖励是一人一个包子。我还学着站在灶台边凳子上刷锅哩，我还学着洗抹布和小手绢哩。我早就在奶妈家学会了扫地，早晨起来扫堂屋和街门口，现在帮母亲扫睡房和院子。母亲不光让我把自己家门口扫了，还要让我把整个院子都扫了。那么大个院子，住了六七户人家，那棵葡萄树扯得到处都是，把院子一角的天空都遮住了，地上到处都是落叶。母亲让我把院子都扫了，把落叶和垃圾一撮箕一撮箕端到院子外面，倒在垃圾堆里，我扫得满头大汗。我还学会了洗袜子哩，袜子不是我的，我从来都是光脚穿鞋。母亲还让我扫厨房，让我使劲儿挪那个泡菜坛子。那个泡菜坛子里的泡菜真香，连奶妈也泡不出那么香的泡菜，我最爱吃母亲泡的红萝卜，那个红萝卜咸香里带一点儿甜味，母亲在坛子里加了小茴香、辣椒、大蒜、草果和大香。母亲泡的红萝卜啊！

我终于发现了一个秘密，母亲在两方面喜欢我：一是学习好；二是爱劳动。母亲看见我的作业本上全是五分就咧开嘴笑；看见我把别人家门口也扫了，更是乐开了花。母亲恨不能给我发个奖章！唉！原来母亲喜欢的正是歌里唱的啊："我要上学校,天天不迟到,爱学习爱劳动……"难怪凯茹老师也喜欢我，难怪凯茹老师早早地给我佩戴了红领巾。我无愧殊荣！

二十三

七月七，那个大姐姐站在院子的葡萄树下。那个大姐姐说：七月七牛郎要和织女相会哩，牛郎和织女相会的地方，就在葡萄树下。那个大姐姐教我们认夜空中的牛郎星和织女星，盯住它们，看它们今晚会不会走到一起。那个大姐姐脸蛋绯红，那个大姐姐不停咳嗽，那个大姐姐唉声叹气，那个大姐姐捉住自己的辫梢，那个大姐姐眼睛明光发亮，可惜那个大姐姐身边围着的全是我这样七八岁的小学生。那个大姐姐叹了一口气，回房子关了门睡觉去了。

不过我就开始看那牛郎星和织女星了，第二天我去问蒙儿："它们能走到一起吗？"蒙儿说："谁？"我说："牛郎星和织女星啊！"蒙儿说："别急，让我研究研究。"我问："什么是研究？"蒙儿说："就是想一想。"我又问："那你想它们能吗？""可能吧。"蒙儿说。我有点儿失望。

大哥就不同了。大哥是那么果断。大哥擀面时擀不开，就用拳头砸。大哥挥起拳头，连砸三下。大哥爱看老洪，也爱看芳林嫂，大哥手里拿的木马勺，嘴里唱的却是"弹起我心爱的土琵琶"。大哥爱看《红日》，也爱看《英雄虎胆》；爱看杨子荣，也爱看少剑波和白茹。大哥咬牙切齿地去找母亲，说："妈，我要去当兵！"母亲舍不得，说："你年龄不到呢。"

后院有一道小门，是园中门，平时锁着。大哥拿一把钳子把锁子拧开，出了门就是兵役局。大哥去找陶局长，说："陶叔叔，我想当兵。"陶局长手拿烟斗，抽一口烟说："你妈说你年龄不够。"大哥说："只差一岁。"陶局长说："差一岁也不行。"大哥天天缠，缠得陶局长不耐烦。大哥说："陶叔叔，让我玩一下机枪。"陶局长说："那怎么行？"大哥说："哎呀，陶叔叔，你让我玩一下呗。"大哥双手摇陶局长的肩膀。陶局长于是虎声虎气地喊："通信员！"通信员说："到！"陶局长说："去，把库房门打开。"大哥和陶局长一起，挑了一挺捷克式轻机枪，大哥趴在机枪后头，把枪栓拉得哗啦哗啦响。大哥又玩了歪把子，大哥说："想玩马克沁呢，夏伯阳那种。"陶局长说："那可不行。那得几个人抬呢。"大哥于是拿了一杆七九式步枪，硬跟陶局长要了一颗子弹，瞄准后院老榆树树梢上的鸟窝，一枪打下来一只斑鸠。

陶局长说："你这小子，跟谁学的，枪法怪准的。"

大哥说："陶叔叔，这下你看我能当兵了吧？"

陶局长说："你妈说你年龄不够。"

大哥说："你给我松动一下。照顾嘛。"

于是陶局长去问父亲："你说行吗？"

父亲说："我们当兵那会儿，也有这股子热情。"

陶局长说："明白啦！"

陶局长见了母亲，说："你这个儿子呀，缠死人！"

母亲说："他年龄不够。"

陶局长说："要说行也行，按虚岁嘛。"

母亲就抹眼泪。

陶局长说："咋了，你这个当妈的，想拖后腿？"

母亲就擦眼睛。

大哥是从北门场坝子里上汽车的，胸前戴着大红花，母亲拉着我和妹妹去送行。

二十四

　　义能儿三天两头跑来，站在大门口旁边，或者进了大门，靠在里头照壁墙上。门卫早就认得他了，说："娃儿，又来找你庭儿哥哥？"义能儿三岁多了，和我当年刚从奶妈家往回领时差不多。义能儿见我出来了，就上前抱住我说："哥哥，你跟我回家去。"我摸摸义能儿的头，把他的小手攥在自己的手心里。义能儿的小手肉乎乎的。我拉着义能儿上了北马路，到了合作食堂门口，奶爸呵呵地笑，义能儿叫："爸爸。"奶爸买一个核桃馍，让我拿上。义能儿说："我领哥哥回家呀！"好像自己是大人，我反倒是个小孩子。我就和义能儿往北门场走。奶妈正在粉皮挑子边招呼生意。义能儿说："我把我哥哥领回来了。"奶妈说："有出息。"奶妈调一碗粉皮，让我坐在挑子边凳子上吃。我给义能儿喂。义能儿用手抓。义能儿吃得满脸都是。奶妈用手绢给他擦擦，说："碎先人！"

　　正像当年蒙儿带我，我现在带义能儿，义能儿有我撑腰，就去动别的孩子。"我有我哥哥呢！"义能儿招惹别人，在家门口大孩子都让着义能儿，但是在上街，特别在四方街，有的孩子不认识他，于是打架。我不像蒙儿，蒙儿不会让这种事情发生。蒙儿一张嘴能把别人说服。我没有什么可说，如果义能儿吃亏，我就抡拳头。如果我俩都吃亏，那我们就去找蒙儿。蒙儿来了，蒙儿不动手，一张嘴就让人服服帖帖。

　　大人不在，我和义能儿玩耍，蒙儿和义珍做饭。义珍六岁了，坐在灶门前烧火，蒙儿在案板上切北瓜。蒙儿把北瓜切好，把北瓜瓢子掏出来，挤出北瓜籽儿，把瓢子扔在后门口馊桶的米泔水里。蒙儿说："可惜了，等我闲了，我要喂一头猪。"义珍说："要喂先喂鸭子。"蒙儿说："那当然好，鸭子还可以下城壕沟吃螺蛳呢。实在没吃的，可以下小河里抓鱼。"我说："那我要把鸭子赶到大河里去，抓大鱼吃。"蒙儿说："那不得行，大河的水太大了，把鸭子冲走了。"义珍说："大河里有漩呢。"

　　就听见灶门口小橡子柴被烧得吱吱响。斧头剁过的茬口往外冒清水，清水上有点儿沫沫。一个小橡子果果在灶膛里啪地爆炸了。

　　隔壁郑家娟儿从她家后门出来，往边上跨一步就到了奶妈家厨房门口，郑家娟儿和她的哥哥也在隔壁做饭，娟儿探头说："你们做啥好吃的呢？"义珍说："昨儿黑我妈就把菜炖好了，蒙儿哥哥待会儿再烧个荤的。"娟儿说："我说嘛，昨天晚上我就闻到了香呢——到底是庭儿回来了呀！"

　　我叫了声说："娟儿。"

娟儿说："也不过来耍?"

我说："上学呢。"

娟儿说："就你上学?"

我说："这不是回来啦!"

娟儿说："要不是义能儿去找他庭儿哥哥,你能回来吗?"

蒙儿眯着眼只是笑。

义珍说："娟儿姐姐,我庭儿哥哥成天都想着要回来呢!"

义能儿在外面堂屋里叫:"庭儿哥哥快来,教我骑马!"

二十五

父亲办公室门前有几棵林檎树,对面那排房子台阶下有一株木瓜,侧面,靠东头院墙边,母亲开辟了一块地,撒上了白菜籽,种上了蒜苗,还种上了向日葵和丝瓜。

那个下午,母亲带我们给菜地浇水,听见有人喊:"失火了!"母亲去路口一看,泼掉脸盆里的清水,进屋抓一把火钳,提起脸盆就跑,母亲一边跑一边用火钳敲脸盆,大声喊"救火啦!"报了火警。

我们跟出去看，就看见后头院墙大门外面，棉花街上，一溜民宅中间，两间房子燃烧起大火。那全是木头结构的房子，火势很猛。两个男人已上到房上，揭隔壁房子的盖瓦。母亲回头在自来水管上接了一盆水，端起水就往火场冲。后面一群男人也提着水桶挑着水冲向火场。母亲出来时燃烧的房顶塌了，一根椽子砸在她的额头上，母亲被人扶出来，头上流了血。自从退职回来当了家属，母亲很落寞，母亲很久没有这样了。这事我看得真真的，母亲很勇敢，想必当初参加工作，表现也不会逊色。

母亲被人扶下来，嘴里还说："快去救火！"就像书里面写的一样。不过这是真的，母亲临危不惧，不是表演。她就是这种人，她果断出手，就像她下手打我，不需要怎么想，不需要纠结，先打了再说。

母亲被人送进医院，打了破伤风针。我和父亲去看母亲，母亲头上裹着纱布。父亲说："你就是个猛张飞。"

第二天母亲上了《沔河报》。这是真真的，我觉得报纸上的报道并不夸张。

奶妈坐在门墩上。天下雨，房檐水顺着街坎下檐沟淌。奶妈在纳鞋底，用的是细麻线，麻线是她手捻的，鞋底子是她自己褙的袼褙，选铺衬一块块铺好，挑细白布做面子。奶妈说："这是给你爸爸纳的——给你的亲爸爸。"有好几年，奶妈都给我的父亲做鞋。奶妈纳的鞋底又厚、针脚又密。奶妈跟母亲要了尺寸，就永远记住尺寸了，奶妈收藏的有鞋样子。父亲说："你奶妈做的鞋，好走路。"奶妈用顶针儿顶针，用牙拔针，拔出来扯得咝的一声，扯紧了又把麻线绕在手腕子上，按住鞋底使劲儿把线拉住一顿，鞋底上的针脚就更加实了。

我记住了奶妈纳鞋底的样子。我还记住了奶妈织布时穿梭子的样子。

奶妈在年跟前把做好的一双华达呢面子的布鞋给母亲送去，说："我留着庭儿他爸爸的鞋样子呢。"送去的还有给我做的一双新年穿的新鞋，一条新年穿的新裤子。母亲说："你们的布票也紧张呀！"奶妈说："我织老布呢。我们的袄里子、被里子、棉裤里子全用老布。"母亲说："亏了你呢。"奶妈说："让庭儿跟我回去过个年吧？"母亲说："初二、初三都可以。"

二十六

春天过去是夏天，夏天过去是秋天，秋天还未凉。

我的父亲突然要调去汉中了。

我又去了一趟奶妈家。奶妈这次给我做了全副装备：新褂子、新裤子、新鞋。奶妈说："你的爸爸要去汉中工作了，你们全家都要搬去，你知道吗？"我说："不知道。"

怎么没有一点儿消息呢？连消息最灵通的二哥也没有对我说过。又像上次去沮水那样吗？我想，如果是那样，过一两年还是要回来的，我并不紧张。

义珍说："庭儿哥哥你走了还会回来吗？"

蒙儿说："肯定要回来的。"

义珍说："我想也是，庭儿哥哥不回来他到哪去？"

义能儿说："庭儿哥哥你别走，你走把我带上。"

奶妈说："汉中倒是不远，庭儿小时候去过的。"

我想起那个后街上的三层高百货大楼。

真的要走了吗？看来是真的。我和蒙儿出了后门，转上河坎，眺望沔河。我说："唉！"蒙儿说："你会回来是吧？不要紧，你不回来我去找你。"我们下到浸水泉边，瞅那泉水，那甘甜的泉水我没少喝。我们踩着石头过了小河，从芦苇丛中的小路上走过。

每次去大河，我都会走在前头。我提着木盆出了芦苇滩上了沙滩，一口气跑到河边，这时才转过身来，看奶妈提着一只木桶，挎着一个篮子从芦苇丛中走出来。木桶里装着半桶米汤，篮子里装着洗好的被里被面。奶妈要在大河里最后漂洗，再在米汤里浆洗。奶妈说大河的水宽展。我站在岸上，看奶妈挽起袖子裤腿，露出胳膊，光脚光腿站在浅水里，把被里扬起来，向深水展去。好清的河水啊！奶妈把被里在水中使劲儿摆动，又捞起来，再一次抛出去。对岸河边，有鹭鸶飞过。

我说："蒙儿，汉中有这样的河吗？"蒙儿说："可能有吧。"我说："你不能肯定。"蒙儿说："汉中没有，那你说这沔河流到哪里去了呢？我想有的。"我说："要是有就好。"我捡起两块惨白的石头，使劲儿一碰，火星从中间迸了出来。我说："汉中的石头也能碰出这样的火花吧？"蒙儿说："那肯定。"我说："汉中有你这样的哥哥和四平那样的伙伴吗？"蒙儿不吭气。蒙儿半天没有言语。

我又眺望大河，大河汹涌澎湃，波浪起伏，我仿佛又看见奶妈把洗好的被里捞起来，开心地笑。啊，沔河！只要有你，你的儿女再苦再累都淡定从容啊！

我突然就匍匐在石滩上，埋着头呜呜地哭了。蒙儿手足无措地站在旁边。我对蒙儿说："我肯定会回来的。"

这天，蒙儿在后门的门框上，用刀子深深地刻了两个字，那是我的小名。

二十七

父亲谁家也没有去，就去了奶妈家。那是下午，父亲和母亲带着我提着两封点心，去奶妈家告别。奶爸这天没有上班，他在家里做了他最拿手的熬菜。滑肉烧豆腐、米粉蒸肉也是他的看家本事。奶妈这天没有上锅头，奶妈明显有了身孕。这天小孩子都被蒙儿带出去玩了，坐在地桌边吃饭的就是父亲、母亲、奶爸、奶妈和我。奶爸开了一瓶烧酒。父亲说："我不能多喝。"父亲和奶爸都喝了两盅。母亲抿了两口，问奶妈："又有啦？"奶妈说："就说呢。"母亲说："几月间呢？"奶妈说："明年去了。"母亲说："要小心。"父亲和母亲都意味深长地看了我一眼。奶爸和奶妈也看了我一眼。

父亲说："你们都是实诚人。"

母亲说："会顺的。"

奶爸说："我想也会顺的。"

奶妈说："庭儿他爸你胃不好，冬天要注意呢。"

母亲说："这几个冬天都给他做油茶呢。"

奶爸说："能吃点儿羊肉最好。"

父亲说："哪里有那么方便。"

父亲说："转眼间我喝这沔河水十四年了，我就是沔河人啊！"

奶爸说："在府里待烦了，想回沔河了，就回来看看。"

奶妈说："府里待不烦人的。"

母亲说："庭儿九岁了，没少让你们费心。"

奶爸说："娃儿还小，到汉中了还少不了大人操心。"

母亲说："好在已三年级了。"

奶妈说："暑假和寒假让他回来玩吧。"

母亲说："到时候看吧。"

奶妈进睡房，一会儿出来拿一双新鞋交给母亲，说："这是给庭儿他爸爸做的，别嫌弃。"又把一沓青色粗布放在母亲手边，说："线是我纺的，布是我织的，颜色是我买膏子自己染的，别嫌弃；没地方使，热天可给孩子做裤头，粗布穿身上凉快，透风。"

母亲说："难为你了。"

也没有久坐，母亲说："明天要走呢，得早点儿回去收拾。"

出了堂屋门，就看见郑家婶、郑家叔站在街门边，郑家婶说："庭儿他妈，要走啊？"

母亲说："是啊，他郑家婶。"

郑家叔说："有空再回来啊！"

这就走了。我一路走一路往回望，看见奶妈、奶爸、郑家婶、郑家叔都站在门口。万婶婶也出来了，站到奶妈家门口。蒙儿呢？义珍呢？义能儿呢？四平呢？他们都在哪里？

一直走到小十字路口我还在回头。我看见他们都还站在那儿，使劲儿往这边瞅。

二十八

搬家的车提前装好了，一个秘书和一个通信员帮我们装车。从奶妈家回来，父亲和秘书带着二哥坐吉普车提前走了。回到家里，母亲一定要让我和三哥再把搬空的睡房和厨房齐齐地打扫一遍，看看有没有什么东西落下。连一把小扫帚和一个老鼠夹子也不放过。奶妈送的那些老布要重新包起来，还有一张大铺晚上要睡觉，准备着明天早晨再拆，脸盆和毛巾也没有收拾，这样我们又忙来忙去。母亲一直忙到半夜。

天蒙蒙亮，司机就把车开到了北马路边，母亲带着我们往出走时，门卫上来打了招呼，说："昨天晚上有两个孩子来找你们，一个十一二岁，一个四岁的样子，我看天太晚了，没让他们进。"

我想："是蒙儿和义能儿吧。"

通信员来送我们。母亲带着妹妹坐进了驾驶室，我和三哥、通信员爬上车厢。车厢里装了两张床板、一个米柜、一口木箱和一口棕箱，大水缸、锅碗瓢勺、泡菜坛子、包着被褥和衣服的包袱，就这些啦！剩下的全是母亲前几天在西门外买的一分钱二斤的一捆捆梢子柴，搬一趟家呢，总不能什么也没有吧?

我和三哥、通信员坐在柴捆子上,软软的。汽车摇摇晃晃地开出去。公路坑洼不平,我和三哥在柴捆子上面弹起来,我抓紧捆柴的葛藤,这样一直坚持到东门外汽车站跟前,汽车猛地一跳,我的手从葛藤上挣脱,差点儿掉下去了。我和三哥惊得大叫。司机把车停在路边,和通信员一起挪那些梢子柴,给我和三哥挪出点儿空。耽误了一会儿,天渐渐亮了。我从东门外汽车站旁边的大路望过去,那里正是东门里老街,那一片房屋的屋顶上屋瓦残损,乱纷纷一堆,奶妈的家就在那里。我使劲儿往东门桥上张望,城壕上古老的石桥,在晨曦中那样落寞,看不见奶妈,看不见蒙儿。蒙儿每天上学走得很早,这会儿走了吧;奶爸也走得很早,奶爸每天早早到食堂,第一个客人没有来,他已蒸好了一笼蒸馍,他不能让客人进门后空手出去。奶妈有身孕,一定和义能儿、义珍还在睡觉,没有起床呢。唉!我就这样没跟你们说一声再见,就离开沔河了,好不情愿啊!

我使劲儿往城门桥望。那么,再让我看一眼沔河吧。我把目光从田野和树梢上望过去,怎么看不见沔河呢?唉!沔河,我没有和你道一声别,好不甘心呀!

我那么望呀望,眼眶湿了。

突然,我看见城壕口和沔河相接的河坎,摇曳着一片芦苇,正是芦苇开花的季节,那些银灰色的芦苇花——芭茅花,和奶妈家后面河坎沙滩上的一样,它们在晨风中摇曳,仿佛在向我招手。啊！芦花，你是代表奶妈，代表蒙儿，站河坎上送我一程吗？

两串泪落下来。

我最后看见的是定军山。从田野和那些河边的树林上望过去，定军山在向我注视，好和蔼，好可亲呀！定军山，你在注视那个游子，他从这里迈出了人生的第一步。你对他充满了关切。

我向定军山那个方向靠一靠，不愿脱离他的怀抱。我看见定军山好像俯下身来，抚摸我，定军山说："孩子，从今往后，无论你走到海角天涯，我都会陪伴着你，去吧，勇敢地往前走吧！"

汽车在公路上不停地颠簸……

写于2017年12月30日凌晨

无 意 出 走

在近两年的时间里，我每个寒暑假都回沔河，每一次都是奶妈到汉中来接我，假期快要结束时，奶妈再送我回家去。而每一次回到汉中家里，奶妈一走，我都受一次皮肉之苦。我从来不敢说我想要回沔河的话，甚至不敢流露出想回沔河的心思。我在母亲面前变得少言寡语，害怕见到她。

我只有用勤快地做家务和优异的学习成绩，来博得母亲的笑容。

那个夏天，离放暑假还早着呢，蒙儿有一天却突然到汉中来了。蒙儿的到来是在一个下午。

邻里的孩子过去听我说过蒙儿，蒙儿来了，邻里的孩子便问他："你这么厉害，你会什么？"蒙儿说："我会打旋子。"邻里的孩子说："你打一个我看。"蒙儿便跳起来打了一个旋子。邻里的孩子快要笑掉了大牙，说："这就叫旋子啊？"正说着，母亲就从外面回来了，母亲回来了，蒙儿不知所措。母亲看见蒙儿，吃了一惊。母亲说："蒙儿，你来汉中干什么？"蒙儿不吭声。母亲说："你是怎么来的？"蒙儿说："我搭了一辆拉煤的汽车。"母亲于是控制住自己的情绪，平静地说："蒙儿，你自己下厨房去煮面吃。今儿黑了你住一夜，明天一早赶快回沔河去。"

我松了一口气。

蒙儿转过身悄悄对我说："我就是来看看你，看看你我就打转身回去。"

这天夜里蒙儿在地板上睡地铺，他不住地翻身。

天麻麻亮我就起来，我要去学校上早自习。蒙儿从地铺上跳起来，把被子叠好，说："姨姨，我也要走了，我回沔河去。"

蒙儿出门走到院子里。

母亲站在睡房门口说："蒙儿，这一元钱你拿着，你坐个汽车回去。"蒙儿把钱接过来装进裤兜里。我的心里咯噔一下，我知道坐汽车回沔河票价是一元一角，母亲你怎么不多给蒙儿一角钱呢，少一角钱蒙儿怎么回去？

母亲看我站在那里发愣，就说："正好你上学顺路，你把蒙儿送送。"

如果母亲多给蒙儿一角钱，后面的事就不会发生。

我背着书包，我的书包稀松宽大，是那种浅灰色平布做的。我空肚子上学。蒙儿也空肚子。我把蒙儿送到钟鼓楼下，往右拐就是我们的学校。蒙儿说："你去上学吧，我走了。"我想问一句蒙儿：少一角钱你如何坐汽车，在哪里给你再找一角钱呢？我看见蒙儿一直往北走，就不由自主地跟了上去。蒙儿在北校场大门口停住了，看我走过来，便说："你回去上学去，别跟着我。"我想，我现在回去已经迟了，早读肯定已经开始了，我还从来没有耽误过早读呢。蒙儿说："你回去吧。"说完穿过北校场往校场的东出口走。我依然跟上去。蒙儿说："那好，只准你送到北门外头。"北城门早已拆了，北城门外老街那边是汽车站，出了北城门我还是跟着蒙儿走。我们一起过了老街。蒙儿说："你回去吧，你这便转回去。我走了。"我站在那里没动。我想，我现在回去，就算是上第一节课也可能有点儿迟了。迟到和旷课，这事对于我来说从来没有发生过。我看见蒙儿没有进汽车站的意思，想问一问他怎么回家。蒙儿却说："那好吧。"他掏出那一元钱，在路边花一角钱买了两个烧饼，他把一个烧饼给我，说："吃完了烧饼你就回去。"他自己把一个烧饼提在手上，说："我走回沔河去呀，我不去车站坐汽车。"他大步上路，顺公路往北走。我把烧饼装进书包，看蒙儿越走越远，不由得慢慢跟上去。他这么走了，我不放心。蒙儿走了一程，远远地蹲在三里村一条小渠的渠坎上，看我跟上来，叹一口气，说："唉，你咋又跟上来了呢？"

太阳已经出来，爬上远处村庄的树梢头。现在回去上第一节课肯定是来不及了。蒙儿蹲在渠坎上，苦闷地拧紧了眉头，他把他手中的那一个烧饼也装进我的书包，说："那好吧，你跟我一路回沔河去。"我松了一口气。

太阳渐渐升高，我们顺公路爬上石马坡。附近村庄此起彼伏地传来一声声鸡叫，是公鸡的啼声；路边的小渠流水哗哗；稻田里的稻子快熟了。一个大水库在前边闪，我和蒙儿坐在水库边渠坎上，分吃一个烧饼。蒙儿在水渠里掬一捧水给我喝。我完全忘记了上学这门子事。

蒙儿说："完了，我这么做，回去妈肯定要数落我。不过你跟着我不转回去，我有啥法呢？"他苦闷地皱皱眉头，又突然笑了，说："算了，回河河再说，管他呢！"

我们又上路了。一辆大卡车从身边开过去，车厢里面坐着一群学生，他们看见人就大呼小叫地朝天空撒红红绿绿的传单。不时有一个用石灰画的大箭头在公路上，旁边写着："到延安由此前进！"挺像那么一回事。这路上只有我和蒙儿。渠坎那边，一口水塘里卧着一头水牛，水牛用尾巴驱赶蚊蝇。

蒙儿说："听说广元是个好地方，嘉陵江里也有鱼呢。我回河河后想下河坝筛沙子，筛一方沙子八分钱呢。挣下钱了我再来约你。"

我们急匆匆往前赶，边赶路边吃完了第二个烧饼。蒙儿说一定要在中午赶到河东店。我们一口气走了十五公里路。

太阳刚刚过头顶，我们到了褒河。

褒河从褒谷口出来，向南前行十五公里汇入汉江，我们要在褒谷口下面过褒河大桥，然后一直往西走。褒河大桥东边的老街叫河东店，老街入口处，路边有一个篾席撑起的天棚，旁边有一个招牌，上面大字写着"接待站"，这是专门供过往学生免费吃饭的地方，也许我们能在这里解决吃饭问题。

天棚下，两三个人面前摆着两张桌子，桌子上放着一屉蒸馍，蒸馍的面发得不太好，馍蒸得有点儿变形。碱也放多了，馍呈黄色，不过这时候有一个蒸馍吃那肯定不错。我和蒙儿瞅着那些蒸馍。笼屉旁边放着一个大铁盆，铁盆里是一盆清汤，清汤里漂着几片白萝卜。一个女人盯着我看，问我们："你们来干什么？"又说，"我看你是个小学生吧？小学生没资格。"我没有吱声。蒙儿说："我是中学生。"女人说："你的介绍信呢？"蒙儿尴尬地摸自己的裤兜。旁边的男人说："你不会说是丢了吧？"女人说："谁知道你们是不是学生呢！"蒙儿不等他们说完就说："算了，我们走。"

我们真的饿了。

顾不上欣赏襄河大桥的什么风景。过桥后爬一面大坡。坡上面有一座古城，这是过去的老襄城驿，曾经是老襄城县的县城。七年前老襄城县撤销了，这老城迅速败落，如今已经和一个大的村落无异。不过城中的几条老街还在。蒙儿在街上七问八问，终于在城北顶头，找到一户似农非农的人家，蒙儿说这是一门远亲。

在沔河一带，人的称谓有很多和常用的不同，不知为什么，奶妈家把叔叔叫佬佬，所谓佬佬就是奶爸的弟弟。蒙儿说这是一个远亲佬佬，我琢磨是奶爸的一个堂弟。

这个佬佬看上去五十多岁，神态木讷，看见我们时他站在堂屋里。堂屋里堆着几捆干麦草，放着两个矮脚小板凳。蒙儿上前说我是谁谁的儿子，这佬佬也不搭话，茫然地看我们，不知我们突然登门有何意图。蒙儿说："你们的水桶在哪儿？我给你们担一挑水。"然后就走进厨房找水桶。蒙儿把水桶提出来，这佬佬的女人从睡房里出来，这佬佬便给她使了个眼色。佬佬的女人就往厨房里走，佬佬说："给他们下一碗面吃。"

蒙儿和我找到水井。老褒城建在山坡上，这高坡上的水井很深，取水不是用握杆而是用辘轳，一桶水用好大劲儿才绞到井台上，不过只要上了井台，蒙儿担水起身走路都很平稳。蒙儿饿肚子担水，冒着虚汗一口气担了两担水。把水缸担满，蒙儿坐下来和我一起吃佬佬女人下好的汤面，汤面里出乎意料地卧着两个荷包蛋。吃罢饭，佬佬和他的女人就看着我们。蒙儿抹一把嘴说："佬佬，那我们走呀，我们今天要走回沔河。"两口儿也不言语，目视着我们出门上路。

我们出老褒城一路沿公路西行。太阳已经偏西，有两个荷包蛋垫底，我和蒙儿走得都有劲头。我们一口气走出去两三公里，我的脚上磨出了水泡，蒙儿说："我背你走。"我说："那不行。"我们越走越慢。快到吃后晌饭的时候，来到公路边一个道班。蒙儿去找东门里街上的一个邻居，这个邻居我以前没有见过面，他在这个道班干临时工。

这个邻居招呼我们坐在宿舍通铺的床沿边，到吃饭时端来一碗米饭和一碗萝卜汤。我和蒙儿分吃了这碗米饭。这邻居说："你们赶快走吧，我找一辆车送你们。"

这是一辆拉鹅卵石的翻斗车，我和蒙儿坐在石头堆里，开出去不到一公里路，这车便停下来。车在这里卸完石头后要开回去。此时天已渐暮，我和蒙儿只有继续步行。

天渐渐黑了，月亮从身后升起来，星斗也升起来。空气有一点儿湿漉漉的，田野里飘过来快要成熟的稻谷的香气，路边水塘里有一股沤肥味，一处堰塘的跌水咚咚响，堰塘里又突然哗啦一声。

我感觉到书包的沉重。

蒙儿又说要背我走，我不愿意。

后半夜，我们走进一座古镇。这是黄沙镇。在一条老街上，蒙儿拍响了一个街面巷道的街门。

这一位是亲亲的佬佬，奶爸的亲弟弟。他一边掩着衣襟，一边从巷道里过来开门。他和奶爸长得一模一样，只是身架胖瘦比奶爸要小过一轮，嘴角上也多出两撇八字胡，头戴一顶瓜皮帽。看见我们夜里来敲门，他先是一惊，但脸上立马堆满了笑容。

蒙儿开口叫："佬佬！"然后介绍我。

佬佬说："我一下就猜着了。"

端上来的是两大碗杂碎烩面。我们吃着面，佬佬吸着旱烟看我们。他两眼含笑说："饿狠了吧？"

蒙儿说："那是。"

　　睡房煤油灯下是一张古老的大床，两个长条四楞青色绣花枕头旁放着一把扫床的笤帚，被子刚刚换过。我和蒙儿倒头就睡。"累了吧？"佬佬说。他手端油灯出门，轻轻把睡房门关上。天刚麻麻亮，佬佬就叫我们起来吃饭，看样子昨夜他再没有睡觉，不然天刚亮怎么就端上来一大盆熬菜呢，熬菜里有滑肉。他们居然在半夜里还蒸了一盆面皮。

　　佬佬陪我们吃饭，吃罢饭在公路边等早晨的第一趟班车。佬佬说："本应该留你们多耍几天，但这一次不行。你们得赶快回家，屋里的大人一定很着急。蒙儿，你们到沔河就下车，不要再到别处去。"一辆班车开过来了，佬佬花六角钱买了两张车票，把我们送上汽车。

　　"到沔河就叫他们下车！"佬佬对车上的售票员大声说。

　　走进东门里我突然有点儿害怕，不过一进门奶妈看见我还是有点儿惊喜。但是奶妈突然明白过来，问我们是怎么回来的。我说："走路。"奶妈问："你妈知道吗？"我说："不知道。"奶妈突然大叫一声："蒙儿你个砍脑壳的！"摸起一把笤帚就朝蒙儿身上打去，蒙儿拔腿就跑。蒙儿跑到后院坝，我也跟着蒙儿跑到后院坝。奶妈扔下笤帚换一根细树条子过来打我，奶妈说："你个碎先人呀！咋这么不懂事！"刚在我的腿上打了一下，奶妈就扔下树条子，坐在厨房门槛上捂住脸哭。这是奶妈第一次也是唯一一次打我。

　　隔壁郑家婶过来劝奶妈："已经回来了，你也别生气。"

奶妈哭着说："他郑家婶，你不知道啊，这娃儿这次回去要被打死的！"

奶妈哭过一场后拉我到堂屋，说："你洗一把脸，吃了早饭我送你回去。"此时就看见奶爸急匆匆从上街往回走，奶爸从来没有这样赶过路。奶爸一脸惊慌，老远就喊："庭儿回沔河来了吧？"一看见我就松一口气，说："赶快跟我走，到邮电局接电话。"

原来邮电局去人通知奶爸，让他到邮电局接长途电话。奶爸听出那边是我母亲的声音。母亲说蒙儿去后我便丢了，学校里也找不见人，问是不是蒙儿把我引回沔河了。要是真回沔河了，找见我要让我接电话，她要听见我的声音。

我和奶爸急匆匆往邮电局走。手摇电话，在一个封闭的亭子里打电话，奶爸接通电话，然后把话筒给我。我听见母亲在电话的那一头叫我，从前母亲说话一贯刚强，怎么声音一下子变得病恹恹的？母亲叫我的名字，说："是你吗？"这是我第一次打电话。奶爸说："你说是，要不你就答应个'嗯'。"我答应了一声："嗯。"母亲说："真的是你吗？"我说："嗯。"母亲说："你今天就回来，你回来我再不打你了。"我突然心中一紧：我怎么一下子变得这么重要？这种感觉我从来没有过。奶爸接过电话说："蒙儿他姨姨你放心，我立马把孩子送回去，我亲自送，不会出差错，你放心就是。"

这一次真的是奶爸送我。匆匆吃过早饭，奶妈依然忧心忡忡。"叫千万别打他。"奶妈对奶爸说。

两个小时后我和奶爸走进我们家属院后院，我看见我们家门口聚集着邻居家的几个女人。母亲坐在一个高凳子上，邻居家的女人们正在劝母亲，只听见她们说："你以后别再打这孩子了，再打，这孩子真的就不是你的了。"一个女人说："你傻呀？自己把自己的孩子打丢了！"母亲从上到下用手将自己的脖子，好像喘不上气来，说："我再不打他了，我再不打他了。"说着我们已经走到跟前。一天没见，母亲好像得了一场大病，说话有气无力。她说："你回来了？"我不开口。奶爸说："蒙儿他姨姨，我把娃送回来了。这都怪蒙儿，不要怪庭儿。你也别生气，是蒙儿不懂事。他姨姨你放心，我回去教训蒙儿。庭儿你要听你妈的话，以后再也不要跑了。他姨姨，我只请了半天假，我这就走了，我得回去上班。你千万不要打这孩子啊！"母亲露出失而复得的目光，说："我不打他，我再不打他了。"

奶爸要走了，母亲说："你把你奶爸送送。"

奶爸说："不要送了。"

母亲说："送送。送走就回来，莫停留。"

我们出巷子沿南大街走，过钟鼓楼上汉中路，左手是地区招待所，奶爸说他就在这里等汽车。我怎么以前从来没有发现这里还有一个班车的停靠点呢？一辆班车开过来，我拉着奶爸的衣襟，他迟疑了一下，让这辆车走了。他给我手中塞了五元钱，说："这个钱你花。"这是我第一次拿到这么大面值的钱，我把钱攥在手板心。他说："我等下一趟汽车。"

前面西大街路口那边有一个照壁，照壁上盖着琉璃瓦，这照壁便被叫作琉璃照壁。冬天，一些闲汉和乞丐在照壁下晒太阳，现在，在这里玩的多半是小孩子。奶爸引我绕过照壁，进入一条老街，这街叫明德街，街口有一个茶馆。奶爸走进去要了一碗盖碗茶，坐下来喝茶。他一坐下便说："再来一碟糖馃子。"这是糯米面炸成的馃子，外面裹一层糖。奶爸看着我吃糖馃子，茶碗中的茶也没有喝几口，末了他端起茶杯给我喝几口，说："这便走了。"他付好钱，要一张草纸给我把糖馃子包上。我们又回到招待所门口。

一辆班车开过来，奶爸上了汽车，找了一个后头的位子坐下。我站在路边看奶爸，奶爸从窗子里看我。汽车往北开了一点儿就向右边拐了，我知道它拐向右边后会很快左拐，这样就开去北大街，然后一直出北门，往沔河方向去。

我跟着汽车往前走了几步，看见奶爸在窗口闪了一下。一会儿汽车在我的视野里消失了。

母亲这次真的没有打我。母亲甚至没有责怪我，也没有问我去沔河的原因。母亲说到做到，从这一次开始，母亲如果有一点儿想打我的意思，她自己的眼中就先露出恐惧的眼神。她怕我出走。

这年放暑假奶妈没有来接我，我也没有回沔河。不过乡下的舅舅来了，母亲叫我背上书包，带上课本、作业本，和舅舅一起到乡下去。我在舅舅家喜欢和表弟得夏一起玩耍，还结识了许多农村孩子。开学前我从舅舅家回家，回来后自然没有问题，一切风平浪静。

冬天很快来了。寒假到了，奶妈还是没有来。正月到了，奶妈也没有来。然而到了大年初五那天，奶妈突然来了！奶妈带着义蓉一起来的，义蓉已一岁半了，她穿着一件粉色长棉袄，长棉袄上有个帽子，帽檐上有一圈假兔毛。她看上去天真无邪。奶妈不请自来，她大年初五才来，一定是等着我回去过年哩。奶妈来时母亲不在家，我不敢招呼奶妈到家里去。奶妈就站在前院院子里的阳光底下逗义蓉，院子里的孩子也逗义蓉。

母亲回来了。

母亲这天回来很高兴，我不知道她遇到了什么高兴的事情。她走进院子突然看见奶妈，居然有点儿兴奋。可能是因为年要过完了，她以为奶妈不会来了，但奶妈突然来了，这不在她的意料之中。母亲招呼奶妈。我正站在奶妈身边，母亲说："怎么不招呼你奶妈到屋里去坐呢？"这一次母亲没有把奶妈称呼成"你姨姨"。

母亲拉着奶妈的手往屋里走。

奶妈说："年都快过完了，我想接他回沔河耍几天呢。我又给你带了几尺粗布。"

母亲说："我这几天也想着让他回沔河耍几天呢。"又接过粗布看了看，说："正好，夏天给他做两条短裤。"

母亲心情好了，奶妈也很放松，摊开布在床上比比画画。母亲要下厨房，奶妈说："我和你一起去。"

午饭后我和奶妈一起走，这一次母亲把奶妈送到院子门外，母亲说："再来耍啊！"我发现母亲这一次是那样通情达理。

不过这次从沔河回家时，已经是开学的前一天了，依然是奶妈送我。到了汉中家里，母亲不高兴。母亲说："明天就开学报名了，怎么才回来呢？"奶妈有些尴尬，她怕我挨打，于是把我们家的床单和换洗衣服都洗了，在院子里晾晒，然后自己到厨房下面吃。看见我来到厨房，她小声说："我以后不来接你了。你要回沔河来，就自己回来。"

奶妈走时，我远远地跟在后面送她。出了院门，奶妈在院门外等着呢。她流着泪说："你再想回沔河了，先要跟你妈说好。"

写于2014年2月25日
2020年8月26日修改于浦东

又回东门里

一

夏天又要到了。然而从春天开始我们就无学可上了。

母亲常常打发我到乡下舅舅家去，代她看一眼我们的外婆。这是我非常愿意干的事。舅舅纯朴敦厚，外婆性情温和，关键是我和我的表弟得夏还有他的那些伙伴能耍在一起。还有我每次从舅舅家回来，母亲就问她娘家的事，我因此能和母亲沟通。有时候我说起外婆，母亲说起她妈，母亲很高兴，这就让我很放松。

又快到放暑假的时间了，然而无学可上，也就无所谓暑假了。母亲让我把书包背上，带上课本和作业本，干脆住到舅舅家去。我当然高兴，不过还是想：奶妈会不会来呢？

秋天来了。这年秋天，汉中城里的人急慌慌地纷纷往乡下走，有的街道一条街的人都快走光了，我们家属院的人也快走光了。孩子里面，我是最后一个离开的。

中秋刚过，时光奔暮秋而去。有一天天刚亮，母亲让我背上书包，书包里装上课本和作业本，又装了几件换洗衣服，母亲说："跟我走。"我们出了家属院一路往北，母亲没有说去哪里。在城北三里村小渠边，母亲说："我们在这里等汽车。"汽车公司的班车已经停运了，我们等的是过路车。母亲把我的书包拿过去翻看了一下，说："你把书包背好。"她掏出五元钱给我，说："你到沔河找你的奶妈去。"我心里咯噔一下。这是从来没有过的事。母亲从来没有主动说过让我去找奶妈。五元钱，这是母亲给我的最大数额的钱，我把它紧紧地攥在手板心里。

我突然发现母亲今天充满了温情。她用从来没有过的爱怜的目光看我，似乎有些不舍。母亲穿着一身改过的灰色的宽领制服，一条灰色的裤子。这半年多来母亲不停奔波，她的心思都用在我们这个家庭的平安上面，不再计较自己孩子的小过错。大哥在边疆部队当兵，她把二哥和三哥送到乡下自己娘屋亲戚家，她和妹妹在西关外乡下栖身。今天天不亮，父亲也到乡下去了，现在她是要送走我。我突然发现母亲的耳根旁有一缕白发。已是秋天了，秋风吹过，母亲的白发在秋风中抖动。我以前怎么从来没有这么细心地观察过母亲呢？她今天主动提出来让我去找奶妈，这在过去怎么可能？但是母亲今天这样做了！

母亲对我淡淡地笑了一下，我依然怔怔地望着她。

我突然觉得这好像是一次特别的别离。我怔怔地望着母亲，什么也没有说——谁知道我以后还看得见看不见母亲呢？

母亲还是淡淡地对我笑，她好像有很多话要对我说，但却没有开口。

我想对母亲说："妈，我过去太不争气了！"

但是我不知道怎么开口。

一辆班车从南边开过来了，是从东边一个县开过来的过路车，这车摇摇晃晃地开过来，开得慢，也开得小心。

我又瞅一瞅母亲耳根旁的白发。汽车停下来，母亲给了售票员一元五角钱，说："剩下的四角钱找给他。"她顺势把我往车上扶了一把。我上到车上，转身隔着车窗看母亲，她依然站在水渠边。汽车开动了，母亲没有走。秋风吹过，秋风扯动了她的衣襟。我感觉到车窗玻璃模糊了，怎样看也看不见母亲。

"这娃，这是你的四角钱。"售票员说。

我接过四角钱，抹去脸颊上的眼泪。

二

我又站在东城门口桥头了。这一次我有点儿忐忑。

今天我站在石桥头，重新往东门里看了一眼。

童年时的老街，城壕上，青石柱、青石板。城门里，左手边是一片坝子，右手边的街面从此开始；坝子对过儿左手第一家街面，是一家卖食盐和酱油醋的铺子，从我有记忆时它就在那里了，我相信它会存在千年万年。从这家食盐酱油醋铺子开始，两边的街面向豆芽巷小十字方向延伸。两边都是青石板铺就的石坎，房柱、板墙和板门，一律是朱砂色。各家街面的顶柱石旁边，差不多都有一个从沱河捞上来的青色的坐墩石，串门谝闲传和过路歇脚的人，都可以在这坐墩石上落座。青色的瓦屋顶，青色的瓦屋脊，前晌和后晌，炊烟从后屋顶升起。最惹眼的还是沿街而去的朱砂色的木板墙和朱砂色的双开木板门了，谁知道从里面走出来什么人物呢？像在我奶妈家门口，奶妈有时候掭着月娃儿出来拉屎，或坐在坐墩石上纳鞋底。而每年大年初二，快吃早饭的时候，奶妈一定会站在街门口朝东城门口张望。她不时望一眼东城门口的石桥，那是在盼望我呢。

今天站在这桥头的是一个十二岁的少年，他还没有发育好，瘦瘦小小，看上去有点儿单薄。他今天心里怀揣着一点儿忐忑。就在今天早晨，在三里村那条小渠边和母亲分别的时候，他忽然觉得：母亲舍不得他，他也留恋母亲。

面前的这条老街多么亲切啊！但是经过这么多年的风吹雨打，两边的街面墙和街门的朱彩差不多都退色了；道路也有一些坑坑洼洼，不像过去那样家家户户每天清早都把门口打扫得干干净净，路面上有零星可见的砖块和石头。

奶妈和郑家婶正站在街门口说话。奶妈家和郑家街门旁边，靠街墙都立着一辆架子车的车架子。这不是暑假也不是寒假，更不是正月里过年，奶妈没有一点儿心理准备。

万婶婶在门口喊："庭儿他妈！庭儿回来看你来了！"

郑家婶说："快看，庭儿回来了。"

奶妈转过身来，有些吃惊。但她很快就高兴了，说："庭儿你回来了？快往屋里走。"进门她又警觉起来，问："是谁让你回来的？"毕竟她对那次我和蒙儿出走的经历还心有余悸。

我说："我妈。"

奶妈的眉梢跳动了一下，把我的书包拿过去翻了翻，看见了里面的课本、作业本和换洗衣服。

我把五元钱给奶妈。奶妈的眉梢又跳动了一下，表情凝重地问："你爸你妈他们都好吧？"

我说："都好着呢。"

奶妈于是说："那就好。你歇歇气儿，妈到厨房给你做吃的。"

三

奶妈做的浆水面就是好吃。我吃面，奶妈站在面前看着我。奶妈说："蒙儿还在学校，他每天还要到学校走一趟呢。"奶妈说:"看妈用卖粉皮和卖土布的钱买了一辆架子车,刚才在门口正和你郑家婶商量揽活呢。义珍喂了一头猪,她和义能儿到城壕沟边捡烂菜叶去了。你爸换了一家食堂,从北门外北马路合作食堂调到国营食堂去了。"

堂屋门里,原来的织布机不见了,不见了的还有那一架纺车。堂屋一边靠墙根立着一对卸下来的架子车轮子,车轮带股橡胶味。

我和奶妈正说着话,义珍和义能儿回来了,义珍一进门就说:"都说我庭儿哥哥回来了,果然是回来了。有人说看见我哥哥从城门桥上走,我还以为哄我呢。哥哥,汉中我姨姨姨父都好吧?"

义能儿贴着我的身说:"我不是说了嘛,我看见有一个人从石桥上走过去,我就觉得像是哥哥。"

义珍说:"你吹牛吧,那会儿我们还在城壕口沔河边呢,哪能就一眼望见城门桥。哥哥,我们养了一头猪,你看见我们的猪了吗?"

后院东南角梨树下,果然拴着一头猪,七八斤的样子。

我说:"晚上它圈在哪里?"

奶妈说:"义珍是猪倌,让义珍说。"

睡房和厨房之间的隔墙上有一扇窗。厨房这边,窗下面安放着一张地桌。这头猪就养在地桌下面。我说:"怎么养在厨房里呢?"义珍说:"是养在厨房里,不过干净得很。"

地桌下真的挺干净。

义珍说："你闻闻，一点儿味道也没有。"

我说："它怎么尿尿屙屎呢？"

义珍说："我给你演示看看。"

她从外面把猪扯进来，拴在地桌腿上，又解开拴猪的绳子，说："猪，出去屙屎尿尿去！"然后就牵着猪往后门外面走。到了后院坝围坎边，猪就站在灰堆里，又尿尿又屙屎。末了她把猪又拴在梨树根部，说："到吃食的时间，猪食盆端过来，它就在这里吃食。"

我说："怎么就不会尿在屋里呢？"

义珍说："猪买回来，我把它牵到屋里，拿一张纸，给它擦一次屁股。擦屁股时说，猪，记住，以后到屋外面屙屎。立马把它拉出去实习一回，猪就记住了。以后猪的屎尿胀了，它就会在桌子下面哼哼，这时我就赶紧过来把它拉出去。"

我说："这么神奇啊！"

义珍说："是跟郑家婶学的。"

万能的无所不通、无所不能的郑家婶啊！

四

蒙儿回来了。蒙儿进门就说："都说庭儿回来了，我放趟子往回走，真的是回来了。庭儿你咋回来了呢？"

蒙儿刚十六岁，脸上有了青春痘。他没发育好，个子小，瓷实，像被高压锅压过的一样，但明显比过去沉稳了。

我说："蒙儿，你在干啥呢？"

"课早就停了，不过每天还要到学校去。我看也快了。不上学了，我就和妈一起拉架子车。斜对面鲍家叔拉架子车，还不是养活了一大家子人？妈，你和郑家婶揽到活没有？"

奶妈说："没有。人家看不起我们女流，说哪有女人拉架子车的。"

蒙儿说："不用着急，等我腾出手，我也出去揽活。妈，对面黄家奔子昨天从北山砍了一挑柴担回来，全都是小橡子梢子，我估摸能烧半个多月。我们不是快没有柴烧了嘛，我昨天就问清楚了，头天天黑往北山里走，去的时候带一坨浆水菜干饭团子，后半夜过土地岭梁，天亮时就到柴山，小橡子树都在柴山的深沟里。下到深沟，把干菜饭团子绑好，挑在尖担上，既可以防蚂蚁，也可以防老鼠。一上午就把柴砍好了，用细葛藤把柴紧紧捆好，这就担出沟翻山……妈，我们不是有一辆架子车嘛，如果我去砍柴，我就把架子车也拉上。过了土地岭出山，过河就是老煤矿那边过来的公路，我可以一路用架子车拉柴回县城。奔子他们听说我想这么干，都说要约我去北山，他们想着回来时沾光搭我们的架子车呢。妈，你说得行不得行？"

义珍说："深山里有狼呢。"

エ

蒙儿说："有尖担呢。没听说过狗怕地下摸，狼怕尖担戳吗？"

奶妈想了一下，说："刚好我们没柴烧了，得行。"

蒙儿于是说："庭儿，你跟我走，我们一路到东门外铁匠铺去买一把小斧头。砍柴不能用平常那种劈柴的斧头，那种斧头太笨了。我们要买一把精巧的、锋利的、好往腰里别的斧头。如果没有现成的，我们就叫铁匠铺现打一把。我还要到河坎上找南山客买一根尖担，还要买捆柴的麻绳。麻绳不是要缠在腰里别小斧头嘛，万一砍下来捆柴的葛藤不好使呢？妈，庭儿回来了，我们下午煮一顿蒸饭，不吃稀饭，你看行不行？"

奶妈说："你领庭儿到河坎上看看。我这就出去买一坨豆腐割一刀肉。我们家庭儿回来了，我下午怎么还能做稀饭呢？"

义珍说："庭儿哥哥，你这次回来就再别走了。"

奶妈说："怎么刚回来就说走？当然不走了。庭儿就是我们家的人。"

五

一把精巧的小斧头，蒙儿把它磨得铮亮，他用大拇指试斧头刃子，说："你看，比郑家叔砍竹子的弯刀还要锋利。"

尖担买回来了，是一根榆木尖担，又硬，又结实，又有韧性。蒙儿在后院用稻草和谷壳煨一堆火烤尖担，尖担中腰就冒出细小的水珠。蒙儿把尖担的一头支在地上，一只手抬起尖担的另一头，另一只手扶好了，然后用脚踩尖担的中腰，如此三番，把尖担踩到一个满意的弯度。他借来郑家叔砍竹子的弯刀，把尖担的两头削好，用瓷瓦片刮净中腰的毛刺。"好了，这个尖担这便好了。"他边欣赏手中的尖担边说。

万事齐备。他在腰间缠了两根捆柴的麻绳，左手拿尖担，右手握小斧子，活脱脱一副城里打柴人的模样。我说："蒙儿，改天打柴，我跟你一起去。"

蒙儿说："那边的山大得很。"

我说："我不怕山大。"

蒙儿说："还有河呢，他们都说要过河，河水急得很。"

我说："你能过我就能过。"

蒙儿说："不过河上倒是有一座吊桥呢。"

奶妈坚决反对蒙儿领我进山。奶妈说："你不可以跟他去，我怕你有闪失。蒙儿你记住不可引庭儿去，你定要记住。"

蒙儿说："那庭儿你就好好待在家里。"

蒙儿进了一趟山，头天天黑就走，第二天天黑才踩着星光回来。他坐在街门口剁那些柴，把块子柴和梢子柴分开，很有成就感。

奶妈没有让蒙儿用架子车。那天他要用架子车时，郑家婶说："明天可能有拉车的活呢。"结果却没有。

奶妈和郑家婶揽不到活，奶妈暂且去城关镇草袋厂编织草袋。那天，蒙儿的亲爸——舒爸，说想跟蒙儿一起进山砍柴。舒爸四十多岁了，舒爸说，想用一下奶妈家的架子车。这一次我说我也想去。奶妈说："不行。"我说："四平大前天回来，四平还砍了一挑柴呢。"隔壁郑家娟儿说："那哪里是一挑柴，就那么细细的两捆，背也背回来了吧？"

我说："那我也背回来一捆。"

我总觉得我不能闲着。连义珍都当猪倌了，连义能儿都捡烂菜叶了，我怎么能闲着呢？

蒙儿想了想，说："我们的架子车，只能拉到土地岭这面公路边吊桥这头的坝子里，我们都上山砍柴去了，谁给我们看架子车呢？妈，就让庭儿去给我们看架子车，你说行吧？"

奶妈想了想，说："这个得行。"

但蒙儿想了想，又说："我们头一天天黑就要赶夜路进山，庭儿不可能跟我们赶一夜夜路吧？干脆这样，我们今天天黑进山，庭儿你明天天快亮时给我们送架子车。我让我舒爸家冬雨帮你，这一路都是上坡，虽然是空车，但你一个人不行。"

奶妈说："得行吧？冬雨是女孩子。"

蒙儿说："冬雨也十一岁了，能干着呢。得行。"

六

这个时间在过去差不多是五更天，我拉着一辆空架子车上路，冬雨和她妈舒妈在豆芽巷路口等着。舒妈说："晓得路吧？从贾旗寨路口往北去，从那里进山，只有这么一条公路。"我说："晓得。"我在八岁时就去过贾旗寨，二哥带我在那里的供销社买过城里面买不到的"六合"牌乒乓球。我知道那条路。

我说："冬雨，我来拉车。"

冬雨说："我先拉着，一会儿出城了有你拉的。"

过了贾旗寨进山，天还黑着呢。一路都是上坡路。我在前面拉，冬雨在后面推。她小小的个子，小圆脸。我们的头上都冒了汗。就这样，一直快到中午时，我们终于快到新煤矿那儿，公路边坡底下有一块坝子，坝子那边是从汪家河湍下来的湍急的河流。河沟很深，一道钢索吊桥架在河中间。我让冬雨看好架子车，自己朝吊桥桥头跑过去。

只见吊桥上绑的全是横向排列的干柴棒子，有的地方，干柴棒子被人抽走了。桥底下，喧嚣着雪白的浪花。

已经有人从土地岭上担着柴下来了。土地岭那么高、那么陡。山上的小路，像从山顶上挂下来的一根细线。担柴的人不好掌握平衡，一挑柴从坡上滚下来了，滚到河边。有一个人担着柴不敢从吊桥上过，从桥头下到河边，探步往河中间走，却连人带柴被大水冲向下游。

我怎么敢上桥呢？

突然，我看见对门黄家奔子担着一挑柴过来。我说："看见蒙儿了吗？"奔子说："蒙儿出了点儿事。"箩儿匠家大瓜也担着柴过来了，说："你还不赶快到河那面接蒙儿。斧头把蒙儿的脚背砍伤了，大流血呢。"我不知怎么就一口气跑到桥那边了。我爬上山，在山顶上看见了一棵梨树。到了山顶，前面就是山梁，我迎着那些担柴的人，顺着山梁的小路往前走，碰见倪家俭成，俭成说："蒙儿还在沟底下呢。"

我顺着小路往前跑，迎面碰见舒爸。舒爸担着柴过来，搁在地上，说："你帮忙看好。"我说："蒙儿呢？"舒爸转身就往回走。差不多一个钟头过去，舒爸背着蒙儿过来了，把蒙儿放在一块大石头上。舒爸又转身回去，说："我去担蒙儿的柴。"舒爸就是这样把两挑柴和蒙儿从沟底转移到这山梁上。

原来蒙儿的斧头磨得太锋利了，蒙儿砍一棵小橡子树，斧头落下去一下子把树根砍断了，顺势砍伤了他的左脚，好像血管破了，血流如注。奔子他们有经验，从岩石上刮一种铁锈色的苔藓用手帕包起来，按在伤口止血。奔子说："蒙儿你往回走，别要柴了。"蒙儿说："我是干啥来了的？"
蒙儿的亲爸就这样，别人跑一趟，他跑三趟，一路背一会儿
蒙儿，轮换着担两挑柴往前走。

我来了，我说我来担一挑。蒙儿说："你不得行。"
舒爸就把蒙儿的一捆柴分开，一分为二绑到他的柴挑子上。
舒爸把另一捆柴也一分为二，改成一个小柴挑子，让我担。
我担上柴跌跌撞撞。舒爸赶到前面去，再转回来背蒙儿。这
样，等我们从土地岭下山，过了铁索吊桥，天已经快要黑
了。我们又累又饿。那些砍柴的街坊邻居，还在等着呢。我
们装好车，把蒙儿扶上车，让他坐在柴捆子上，拉着车一路
小跑着回县城。

七

这街上，居民养猪是大明、二明两兄弟首创的。

眼下，养猪的居民有这么几家：西边隔壁郑家婶家，再
往西隔两家过去裁缝桂友家，桂友家隔壁大明、二明家，大
明、二明家隔壁箩儿匠席大瓜家，再就是我们家。

这大明十四岁了，二明和我同岁。他们的父母不知道为
什么不在沔河。我后来和义能儿去他家取过经。这两兄弟只
住了半间屋，猪就养在大明的床下面，已经是一头五六十斤

— 129 —

的大猪了，晚上就在大明的床下睡。

这大明滔滔不绝地说："你想想，农业上养猪要交任务呢。我们这里，国家谁也没说过不让居民养猪，养一头猪有什么不可以？猪养大了自己吃，有人要了匀给他一点儿肉，也不算卖黑市。有什么不可呢？"

养猪的几家，每天都要用杆秤把猪约一下。大明、二明家的猪长得最快。大明说每天能长一斤肉，这就成了一个标杆。郑家婶家的次之，郑家婶说她家的猪每天能长七两。下来是桂友家的，三四两而已。只有义珍每天唠叨："我们家的猪怎么不长呢？"

大明说："你家的猪劁过没有？"

义能儿说："劁过。"

大明说："劁干净没有？"

义能儿说："肯定的。"

厨房后门边上有一个馊水桶，馊水桶边立了个猪食盆，我们的猪主食是洗锅水、米泔水和烂菜叶。

每天下午两点，义珍就和义能儿出门。沿着豆芽巷向北，出了巷口是民主街，到民主街右拐，不远就是新东门。那里有一个菜集。下午两点，卖菜的人收摊，义珍和义能儿就去捡烂菜叶。这烂菜叶捡回来搁在后院坝塄坎边剁了，加上米泔水就可以喂猪。

义珍和义能儿还去城壕沟边，在沟边挖一些猪草，如果碰上有人在水边洗菜，还能顺便捡回来一些菜叶菜头。

大明说："你们有没有加点儿米糠什么的？"

义能儿说："没有。"

大明说："我说嘛。"

义能儿说："米糠要钱呢。"

蒙儿的脚伤了，一时好不了，他找来一捆稻草，每天坐在堂屋里编草鞋。我不能闲着呀！我说："我在汉中乡下舅舅家挖过猪草，我看我们的猪每天吃不饱，我出去挖猪草吧。"

隔壁郑家娟儿说她要跟我一起去。郑家婶说："蒙儿他妈，就让他们去吧。"

八

这次回来，发现梁家贵儿的姐姐金枝和银枝，总是恶狠狠地看我。我不知道她们为什么憎恨我。贵儿的爸爸叫梁半贤，是个瘸子，他有时走过我们家门口，还有一点儿扬扬得意。我想起小时候有一次藏猫猫，我躲在大明家隔壁通往梁家的小巷道里，蹲在地上，梁家十六岁的银枝在黑暗中大步走过来，说："是谁挡路！"然后一脚踢在我的胸口上。这一脚很重，我胸口疼了两天，这件事我没有对人说过，自然也不会报复银枝。那么金枝和银枝为什么憎恨我呢？

我和娟儿在城壕坎也挖不到多少猪草。我说："娟儿，我们到箭道村那边地里去，那里可能有猪草呢。"我们就一人提着一个小笼筐，拿着挖猪草的小刀，从东门外老街往箭道村那边走。我们看到村子那边有大片菜地，芹菜地萝卜地的地坎上，有灰灰菜和野荠菜，还有狗儿蔓。我看见快要收罢的西红柿地里有一垄鹅儿肠，就下到地里。娟儿说："快跑！"我抬头看见前面不远处有一群生产队干活的人，只见金枝从人群里大步而出。这金枝二十岁了，粗腿、粗身子、粗胳膊，她大步跑来。娟儿掉头就跑，我从地里出来，金枝已来到我跟前，一脚把我手中的小笼筐踢飞，又上去踏了几脚。我捡起笼筐。娟儿已一边跑一边叫，跑过箭道村那边的大路了。

瓜田不纳履，李下不整冠。瓜田李下，我怎么这么大意呢？我在汉中舅舅家那边，在生产队的地垄里，也是这么找鹅儿肠的呀。

我还没有走回奶妈家，就看见郑家婶和奶妈站在街门口，奶妈上前拉住我的手腕往梁家街面巷道口走。梁家女人正好走出巷道。奶妈大声说："你们家金枝大人了，怎么欺负小孩儿呢？郑家娟儿说她一脚把我们家庭儿踢下地坎了。"正好金枝他们收工走到奶妈家门口，金枝大声嚷嚷："我这是为了集体利益！"梁半贤也一跛一拐地出现在奶妈家门口，大声喊："有本事到生产队去评理！"奶妈喊："我们家庭儿的亲妈、亲爸不在这里，你们就欺负他！"金枝嚷嚷："你问他是不是在生产队的地里！"厨房里，蒙儿正坐在灶门口烧火做饭，蒙儿说："居然闹到家门口来了，欺人太甚！"摸起一把斧头就往外冲。奶妈上前一把抱住蒙儿，说："使不得！"蒙儿说："我看他们谁敢欺负庭儿！"梁半贤说："金枝你往回走！"奶爸从屋里出来，说："把蒙儿拉回去！"一贯对人和气言语不多的奶爸，转身就给梁半贤一个绵羊头撞山。梁半贤居然敏捷地闪开了。

梁半贤看见奶妈一家同仇敌忾，便且战且走。

梁半贤边往回走边大声喊："骑驴看唱本——走着瞧吧！"

奶妈和郑家婶揽到活了，是去北山根贾旗寨坡上老电厂拉炉渣。城关镇一排办公房翻新室内地面，用炉渣、黄泥、河沙做三合土。

奶妈她们每天天刚亮就出去，一天拉四趟炉渣，天黑才回家。蒙儿的脚伤还没有好，拄着棍子在街上跳。我对奶妈说："我想跟你们拉炉渣呢。"奶妈前两天都没有答应，第三天她说："你跟我去拉炉渣也好，免得你在家再出什么事。"

她在车把根部给我绑了一根拉车的边绳。我第二天早晨就和她拉架子车去了。

写于2014年7月5日
2020年8月29日修改于浦东

拉车的鲍家

斜对过儿鲍家是拉车人。

鲍家的大女儿萍儿，我和蒙儿都叫她萍姐姐。

鲍家只有两个女儿，两个女儿都长得端正。

鲍家叔和鲍家婶没有儿子。我一直怀疑鲍家婶是南山里来的女人，她有南山里女人的那种秀气。她高身量，匀称，喜欢穿青布罩衫，头上四季缠一个黑色头帕，习惯坐在堂屋的一把圈椅上，毫无意义地看着街门口过路的人。她到时间下厨房做饭，男人回家就搬桌子吃饭。她偶尔手拿一个鸡毛掸子，掸一下堂屋一角八仙桌上的灰尘。这张八仙桌也许是她结婚时置办的，她成天坐在八仙桌旁边，也许是在守着一份对青春的回忆。她成天这么坐着，皮肤保养得比较好，而那些洗衣挑水的事都扔给萍儿了，这萍儿倒是成天高高兴兴、快快乐乐的。

鲍家小女儿兰兰除了总是吊着两筒鼻涕外，再没有别的缺点。兰兰和我同岁，奶妈说她小我月份。

兰兰喜欢在自己家门口抓石子儿，白黑两色的石子从小河里捞来，兰兰把它们抛起来用手背接住，再用手背抛起来用手掌心接住。她想抓白子儿就抓白子儿，想抓黑子儿就抓黑子儿，如此反复，锻炼手指的灵敏度。

兰兰如果把鼻涕收拾干净了，表情再活泛一点儿，一定是个又有灵气又好看的女孩子。

她们的父亲鲍家叔是个搬运工，据说过去在码头干过，现在是一个专业拉车人。他凭着一辆架子车养家，自从我认得他，他就干着这平凡而伟大的事业。是平凡而伟大，这一辈子，他靠拉车养家，平平凡凡生活。

我从没听见鲍家叔说过什么话，他沉默得像一块石头。他健壮，身板像一座小山，像一头健壮的公牛，胳膊和腿是那样粗壮，腰板是那样结实，胸脯是那样厚实。他颜面粗糙，不爱搭理人，有一阵子我甚至怀疑他是哑巴。

我问奶妈："鲍家叔咋不说话？"

奶妈说："他就那样。"

他每天只知道埋头拉车，回家就是两顿饭。但等他把脸上的汗水擦干净，坐在那里，把气喘匀了，你看他看老婆和女儿的眼神，哎哟，我的天，那目光充满了爱怜。

有一种男人的目光是能看出来的，如果他是真爱，那他的目光里一定不只有温柔，他一定还有一种全部给予的精神，他爱你，愿为你献身。

除了下苦力，他不会干别的。我后来猜想，他的女人每天毫无意义地坐在堂屋里看那些从街门口过路的人，一定是听从了鲍家叔一再的叮嘱，鲍家叔一定是叫他的女人每日里除了两顿饭之外，再也不准干一点儿别的事情，时间长了，鲍家婶也就心安理得了。每天吃饭时鲍家叔只需往桌前一坐，饭菜端上来，筷子递到手中，还有两个女儿围着他，其乐融融。

鲍家叔实际上是一个关中汉，年轻时在西北军当过兵。我后来记起，好像听见鲍家叔有一次当着我的面支吾过一声，那一声确实是关中腔。他说的什么我没有听清楚，反正是关中腔。因此鲍家叔平常那样的表现就完全可以理解了。

你见过陕西那种死受的关中男人吗？没有见过？那你就去看那健壮的秦川牛吧，看那秦川牛的一双眼，那眼里含着忍耐，那眼里也藏着固执，那眼也露着一点儿不愿和人讲道理的想法。那眼睛似乎在说：吃亏就吃亏吧，即便是吃亏，我也认！这就是那种著名的秦川牛。它没有南方斗牛的那种灵气，它拉耱和犁地，只知道埋头往前走，明知道拉的是一座拉不动的山，它也只管埋头用力不知后退。它自带一种甘愿吃亏的文化，而不是什么大智若愚。

知道了吧，这就是鲍家叔。

如果要从理想和信念的角度来说，那么鲍家叔就是一个没有多少情趣的人，是一个胸无大志的人，是一个没有理想和信仰的人。如果硬要说他有什么理想和信仰，那这个理想和信仰就是他的女儿和老婆。他可不会胡来，他用死受来实现自己的理想和信仰。他一步一个脚印，就像高尚的人维护自己的崇高和体面一样，维护着他的"老婆娃儿热炕头"。换句话说，他不是"三十亩地一头牛，老婆娃儿热炕头"，而是"一所屋子一架车，老婆娃儿一口锅"，其乐融融，其意浓浓。

当鲍家叔上点儿年纪的时候，他的大女儿萍儿似乎有了一个准女婿。这个准女婿像鲍家叔一样沉闷，每天过来帮鲍家叔拉车，帮他到机砖厂拉砖，到山上拉片石。也没有听见过这个准女婿说什么话，他只是和鲍家叔并肩拉车，脖子上像鲍家叔一样，搭一条擦汗的湿毛巾。但鲍家叔脸上有了笑意。可是萍儿明显不喜欢这个壮实的小伙子，萍儿爱说爱笑，可是从来不和他说话。萍儿的脸定得平平的，鲍家叔脸上的笑就消失了。鲍家叔不笑了，鲍家婶就坐在堂屋里生闷气。

鲍家婶有时手按胸口，对着萍儿嗝的一声。

奶妈说那个小伙子太闷，有点儿配不上萍儿。

萍儿后来又有了一个准女婿，这是一名汽车司机。他有时周末开着公家的一辆大卡车过来，点一支烟，坐在小板凳上，目光随着萍儿的身子转。鲍家叔却不正眼看他，鲍家婶就对着他的脊背打一个嗝。

萍儿笑着，也许给这准女婿点拨了一下。

这准女婿再来，就把大卡车停在远处道路旁边，过来帮他的准岳父拉架子车。这确实有点儿高尚，他不用公家的车帮他的准岳父拉一砖一瓦。他贡献了力气，汗流满面，矫情地不停地用湿毛巾擦脸上的汗水。

萍儿也许又点拨了他一下，这小伙不再那么夸张地擦汗水了。他的脖子和衣服都汗湿了，却沉闷地卸砖又装砖，也做出死受的样子。

鲍家叔虽然脸上不笑，但面色活泛了。鲍家婶不再打嗝，只是用手指轻轻地揉胸口。

这个准女婿终于成功了。

这是沅水河畔最成功的一个拉车人的家，这是一个草民最成功的生活。这样的生活就是靠一身苦力支撑，不投机取巧，不低头媚人，看起来一辈子埋头负重，实际上一辈子胸脯挺直。

鲍家叔后来拉车时摔了一跤，胳膊上生了一个大疮，不治而去。没过几天，他的女人也跟着他走了。萍儿从此当家，支撑起这个家庭。

那年我回到沅河，我的奶妈也成了一个拉车人。我和蒙儿帮奶妈拉车。当鲍家叔一个人拖着三百块机砖在路上走着的时候，我和奶妈、蒙儿三个人也拖着二百六十块机砖跟在他的后面走。

那年我十二岁，那么瘦小，看起来不到十二岁的样子，像一只小猴子。

鲍家的兰兰成人后和我一样下农村插队了，我再也没有见到过她，她嫁了农村人。

写于2014年7月4日

6　月

那个傍晚蒙儿坐在街门口劈柴。这是奶爸从西城门外买来的干柴块子，青冈木居多，木质硬。蒙儿在面前垫了一块青石头，块子柴架在石头上，用斧头劈。蒙儿劈了一大堆柴了。这是一块榆木疙瘩，结疤很硬。蒙儿使劲儿劈，只听见砰的一声，闪现一道火花，抬起斧头，发现一片斧头刃子飞了，青石上一道白印。

蒙儿说："斧头刃子崩了。"他站起来找斧头刃子，突然哎哟大叫一声，一个坐蹲摔倒在地。他抱住膝盖，把裤腿扯起，发现髌骨下面藏着斧头刃，那一块铁崩进膝盖髌骨下皮肉里了。

他说："庭儿，帮我拿一把钳子。"

我把钳子拿来，蒙儿自己把那一块铁拔出来。没有流多少血，但是他一时没办法拉车了。膝盖下面出现一道深深的伤口。他跳去合营家，让焦大夫给他包扎了一下。

蒙儿不能拉车了，奶妈家拉车的就剩下奶妈和我两人。我十二岁，现在想来，奶妈当时已经有了八个多月的身孕。

我和奶妈每天黎明起身，拖着车到城北五公里外的天荡山下，那里有一家国营机砖厂。我和奶妈，还有这街上四五家拉车的女人，到机砖厂砖窑前装砖。这车机砖拉到十五公里外的城东农试站，那里正在垒围墙施工。一块砖连装卸带运输四厘钱，蒙儿在时，我们三人可拉二百六十块机砖，这一趟下来，可以挣得一元零六分钱。而奶妈家每人每天的生活费不过三角钱，这一元零六分钱就是一笔可观的收入。蒙儿去不了，我和奶妈勉强拉一百五十块机砖，挣六角钱，这对我们来说也是个大数字。一家七口人的吃喝拉撒，靠奶爸每月三十二块钱的收入根本不够。何况我是投奔奶妈家来的，来时母亲只给了我五元钱。我的口粮份儿也不在这里，奶妈家从自己的口粮份儿里匀给我吃喝。

我十二岁，并不懂身孕对一个女人的拖累。每次装机砖时我都想多装几块，我想给奶妈家多挣几分钱。6月的天已经很热了，奶妈掌车把挎背襻，我拉边绳；下坡时，听见车轮和地面沙沙的摩擦声，我会有一点儿兴奋。而在平路上，我们沉闷地拖着车子，任凭汗珠洒落一路。从机砖厂出来的那段路是上坡，我和奶妈咬紧牙，凭我们两人自己就可以把一车机砖拖上大路，而在城东柳树营那边，有一段几百米的大上坡，拉车的女人们停在坡下，两三家互相搭手，才能将车推到坡上。每到这时，隔壁郑家婶便说："陈家他妈，你那身子也该歇歇了。"

奶妈穿一双旧胶鞋，我穿草鞋。拉车的人最费鞋。草鞋一分钱一双，便宜。有时，蒙儿自己也编草鞋。把稻草在水里浸了，用草绳做襻，打成的草鞋用棒槌敲软了，穿上也还管用。我瘦骨伶仃，穿一件蓝色的褂子、一条黑色的粗布裤衩。粗布是奶妈织的，织布的线是奶妈纺的，织成的布是奶妈染的。我把袖子卷起来，脸和胳膊晒得黢黑，又黑又瘦的胳膊像两根炭棍。不过因为每天装砖卸砖，肩胛和胳膊上有了结实的肌肉。我有时用食指按一按这肌肉，获得一点儿自信。奶妈穿着一件宽大的蓝色布褂，裤腿卷起来，黢黑的脸看上去有点儿浮肿。她的额头布满了皱纹，眼角的皱纹浅一些，那些皱纹里总是最先浸满了汗水。奶妈善良的面孔永远蕴藏着坚忍，那是一张能够忍受任何苦难的脸，善良而饱受熬煎的眼睛，每一刻都在盘算下一步的生活。奶妈的汗水从脸上的皱纹和头发里浸出来，挂满了面颊。脖子湿了，胸口湿了一大片，一直湿到她隆起的大肚子上。肚子上的那一片汗水聚在那里，很长时间都不得干。

6月里，收罢油菜的地里，蚂蚱在跳，劳豆子在地坎边撑着；沙石路面，被太阳热烘烘地炙烤着。奶妈尽量把挎背襻的肩膀探向前边，我把身子倾向前去，拉紧边绳；我盯着额头上滚落的汗珠，一步一步数着步。一个早晨，新买的草鞋把我的脚踝磨破了，我干脆脱了草鞋，光脚片拉车。每天午后，在农试站卸完砖后，奶妈坐在石台阶上，喝着农试站提供的菊花水，想着就要到手的六角钱，就会舒心地笑。奶妈的大肚子上仍是一片汗水，那汗水被晒干了，渐渐发白，留下一片片汗渍。返回的路程是轻快的。奶妈身孕不明显时，每次空车返回，都是奶妈拉车我坐车，这是奶妈给我的奖励。奶妈身孕一目了然后，我便不再坐车。怀揣着六角钱，奶妈拉着空车有几分轻松。

奶妈家的饭总是稀饭。孩子们正在吃长饭，奶妈、蒙儿和我，又干的下力的活；我的口粮不在这里，奶妈家即使天天吃稀饭，每月的口粮还是不够吃。奶妈总是在稀饭里掺北瓜。北瓜好大，奶妈每次在灶台前切北瓜时都立一下脚尖，只听见咚的一声，菜刀杀开的北瓜落在案板上。在我这一生，每到夏天，我眼前总是闪现奶妈切北瓜的身影，那一声刀落在案板上的响声，引起我无尽的思念。

奶妈熬稀饭不会熬得太稠，也不会熬得太稀。菜很简单：买一分钱的醋，醋里边撒一撮盐，切一根葱，将葱花撒在盐醋水里。吃饭时，稀饭舀在碗里，舀一调羹盐醋水浇在稀饭上，我们就吃那一碗半干不稀的稀饭和带葱花的咸酸味。

但我们拉车上路时，会装两块发面锅盔。锅盔装在书包里，把书包绑在车把根部，这是我们中午的干粮。车把下还绑了一个装满了开水的军用水壶。这水壶是奶妈的哥哥给的，她的哥哥上过朝鲜战场，当过志愿军战士。

6月的一个早晨，我们出门很迟，奶妈的身子显得很笨。这天太阳很大，从机砖厂拖着一车砖出来没走多远，奶妈的肩头已经汗湿。奶妈有些气喘，这天的车子好像很重。

她的肚子挺得老高，双手掌车把，肩膀探不到前边去。将近中午时分，我们才将车子拖到城北马路。县城的国营食堂就在马路边，我的奶爸——一个善良、勤谨、温和、憨厚的汉子，在这食堂上班。他虽在国营食堂，却是集体工身份。

太阳很大，国营食堂门外有一片水泥地，地面上热气蒸人。奶妈把砖车停在路边，疲惫地一屁股坐到水泥地上，用一条汗湿的毛巾擦脖子上的汗水。我也坐在水泥地上，地面热得烫人。奶爸从食堂出来，他端着一碗清水面汤。奶妈掰一块锅盔，招呼我喝面汤啃锅盔，她自己却拿着一块干锅盔啃。奶妈的一只手撑在身后，肚子高高挺起。奶妈突然说："陈家，你去叫蒙儿来。"奶爸打发徒弟去找蒙儿。奶妈说："你扶我站起来。"奶爸说："你行不行？"奶妈心有不甘地望着那一车砖。我惶恐不安，什么也不懂。奶妈看着我笑笑，有一点儿英雄气短的意思。

蒙儿很快来了。奶妈说："你们兄弟俩送砖去。"我和蒙儿拖着车子走，奶爸扶着奶妈远远地望着我们。

这天晚上回到家，奶妈已在家中生下了她的第四个孩子。这是个男孩儿，是奶妈亲生的第二个儿子。听说奶妈一回到家就生了。我进睡房看那个弟弟，奶妈头上裹着毛巾。她说："这个月拉车就靠你和蒙儿了。"

奶妈家只有一间睡房。她没有坐月子的时候，我和奶爸、蒙儿、义能儿四个人挤南头的一张大床。奶妈坐了月子，我和蒙儿就上阁楼。奶妈家堂屋和睡房连着，睡房边有一条近一米宽、七米长的过道，通过过道可进到后头厨房；堂屋过道和睡房上铺了松木楼板，楼板和屋顶间形成阁楼。阁楼靠屋顶方向可以直立，往里走，楼板和房顶形成夹角，奶妈用过的纺车、织布机、卖粉皮的挑子堆在夹角里。一抱干稻草铺在楼板上，一床被子，就是我和蒙儿的床铺。一束光穿过楼板上留下的一米见方的天窗，直射到睡房南头的床上。靠着这束光和北头奶妈床边一扇通向堂屋的可以撑开的窗，睡房里有一片淡淡的光。不过阁楼里就亮一些，除过亮瓦，还有一片光通过厨房后门和灶头边的一扇窗照进厨房，而阁楼南面朝厨房大敞着。

我和蒙儿搭一架木梯从厨房上楼。这层阁楼在春秋两季，曾是我和义能儿上高下低玩耍的所在。冬天楼上冷，而夏天热气烘人。不过在夏天的后半夜，从沔河吹来的河道风，透过房上瓦椽间的缝隙，早已将暑气驱散。凉风习习，我可以一觉睡到听见后门外的鸡叫声和睡房里月娃儿的哇哇哭声。

九岁的义珍早已在灶门口架火，奶爸在灶前头给我们热饭。我和蒙儿三两下吃过早饭，喝口米汤抹一抹嘴，准备出门。

蒙儿十六岁，脸上有几颗青春痘，矮矮的个子，因为过早地劳动，显得挺结实。他到堂屋里将车轱辘搬到街门外，奶爸给他搭手，把立在街门外的车架子放下来，安上车轱辘，绑上边绳。奶妈在睡房里喊："蒙儿，你们小心一点儿。"

蒙儿一边答应，一边拉着车和我一起往东城门外走。

在蒙儿看来，这一切都是理所当然的：奶妈不能动时，蒙儿应该保证家里的车轱辘转动，车轱辘不转，等于钱从指缝流走。而我，永远是奶妈和蒙儿的好帮手。

跨过东城门口的石桥，穿过东城门外老街，从箭道生产队菜园边大路上走过。箭道河边的油坊，榨油匠正在推夯，"咳——嗨！"的推夯声和着夯锤砸在楗子上的闷响远远传来。榨油匠光着膀子，穿着大裤衩，上身油光光的，背、腹、腰、肩和大小手臂上都是凸起的肌肉，蒙儿停下车让我看一看，说声："好香！" 眼馋地望着墙边的油渣饼子 。油楗子下，随着夯锤的下落，清亮的菜油哗哗流出。榨油匠四五个人合力平推起一个大夯锤，那分明是平推起的一根放倒的悬吊在屋梁上的大树干，推到头猛地一扭身，转身用力把夯锤推回来砸向墙上的油楗，一声"嗨"从胸中吐出。那一身好功夫，那一组力量完美的展示，给我和蒙儿一种鼓舞。

马营柳树林在箭道东边，路北是树林，路南是河坎，沔河在这里迂成一道河湾，清澈的河水在河湾里迂成深绿，绿色的漩，推着中流的渔舟，朝马营渡口漂去。滩岸上，三五只渔船翻晒在水边，桐油已刷过几遍了，还没有下水。一艘大船船舱平了船舷，大卡车从码头可以直接开到船上去，船家用一根长长的篙竿，迎着缓缓的流水，泰然地撑着这艘大船往返于两岸渡口。

我和蒙儿走过马营柳树林，站在马营渡口河坎高处，连人带车，花五分钱向堤岸上守在篷寮里的老汉买一张船票，这张票可包来回。

大船正在靠岸，船上是南山里过来进城赶集的人。十几个拉车人拖着空车在这边的码头上等着上船。我眺望对岸：简易码头是几块从河滩上铺过来的桥板组成的，沙石滩那边，是一大片被几条夹河分隔开的灌木树林，然后是田野。田野里，一条大路通向远方，一直到定军山边，那里有一个山垭。垭口旁边，定军山一侧，从山根到山腰，黛青色的山似乎被撕裂了，露出白花花的一片。那是一个采石场，我熟悉那里。两个月前，我和蒙儿跟着奶妈，就在那座山上采石。我们把石头从山腰推到山根，装上车，运过北岸，一直到天荡山下一个狭长的山沟里的国防厂去，那里正在建厂房，我们运去的石头用来扎地基。奶妈坐月子的当天，农试站的活干完了，现在这活儿是蒙儿找来的。我俩要去对面采石场。每天黄昏，山垭采石场都在轰轰隆隆地放炮，我们要把石头拉过河，交给马营生产大队，用来在主汛期到来前加固河堤。五百公斤石头六角钱，蒙儿认为这个钱我俩挣得。我望望蒙儿小腿肚和胳膊上的肌肉，捏捏我的小拳头，有几分信心。是呀，奶妈不能劳动的时候，那就靠蒙儿和我呀！奶妈亲生的孩子最大的才九岁，她的儿子义能儿才七岁，每当我们拉重车时，义能儿就在东城门桥头帮我们推一把。我和蒙儿每天至少能拉一趟，挣六角钱，扣除五分钱船票，蒙儿认为这个钱挣得。也许我俩还能拉六百公斤呢。我望着那既亲爱又实在的定军山垭口，我们的生活，我们的希望都在那里。6月正是热天，但还不到炎热时候，蒙儿扯下肩头的毛巾，让我到河边擦一把脸。清清的沔河水，撩在脸上是那么舒服，我和蒙儿每天能挣六角也许七角钱还不止，我看见蒙儿信心满满，嘴角挂着一丝笑意。

　　定军山，我们又来了，你和这沔河一样养育我们，养育奶妈一家，养育像奶妈一家一样的许多善良勤劳的人。

　　我和蒙儿拉着车往定军山走去。

　　　　　　　　　　　　　　　　写于2012年6月22日

在河那边

　　大船泊在北岸码头，船没有吃重，船舷高过码头六十厘米。两条六十厘米宽，四米长的踏板从船舷搭上码头，进城赶集的南山人踩着踏板懒散地上岸。艄公把篙竿顺船舷放了，衔一只烟锅蹲船头吃旱烟。

　　大船的船舱和船舷齐平，一帮拉车人拖着空车上船。总共十来辆架子车，横七竖八地搁在船上。专业的、有实力的，全靠拉车养家的三五家，同他们一起上船的，还有三五头供他们驱使的毛驴。奶妈家的邻居———一帮拉车的女人，比起那些专业拉车的汉子，有一点儿恓惶，毕竟上山拉片石是重体力活，如果不是为了生活，女人们谁会去干这种活呢？

　　而我和蒙儿就显得更加恓惶。十六岁的蒙儿，虽然结实得像块石头，但还没有发育完全，他的胳膊、腿、肩胛、腰身，显得那么紧凑；而我，像一只瘦小机灵的猴子，看起来也没多少力气。

　　我们羡慕地看那些有牲口的人家。这些拉车人，在重车上坡过坎的时候，眼里偶尔飙出一股狠劲儿。他们会死命地用鞭子猛抽毛驴，而一旦过了坡坎，他们又心疼自己的毛驴。

马营渡口，河水从河湾里来，水流平缓。每年冬月到第二年2月，河水收窄了，渡口的航船就停了。一座起起伏伏的木板桥架了起来，进城卖炭的、卖柴的，背着背架挑着挑子从桥上过。三五只老鸦船从早晨起就开始在薄雾里撒网，一直撒到黄昏。

3月里航船开始摆渡。先是载人的渡船：船不大，舷高，舱下进去，一船装二三十人。桃花汛过了大船就开了。这时河面宽了，水深了，艄公从一个增加到两个。艄公手里的篙竿粗了、长了。七米长的篙竿，套了被河底石磨光的铁篙头。艄公每次都是从堤上扛着篙竿来，上船后脱掉裤子，露出粗布白背心儿，在船头甩甩膀子，活动一下自己的肌肉，然后用篙头点岸，猛撑几下，把船摆顺了，之后用胸脯顶着篙竿，踩稳了，顺船舷一步步从船头走到船尾。大船就斜逆了河水，慢慢驶向中流。到中流再稳稳地滑向对岸，从北岸到南岸，行出一条长长的弧线。

这样的大船，人、架子车、牲口都可以载，偶尔还可以摆渡大卡车。那多是20世纪40年代传下来的美式大道奇卡车、50年代传下来的苏制嘎斯卡车和国产的解放牌卡车，不过能看到的机会很少，三五个月能碰见一回。

奶妈家后院坝东边，和我同龄的姓邱名鸡蛋的女孩儿是东门里生产队的，她的哥哥水生就是撑船的。水生壮实，常常扛着篙竿或挑着一对老鸦船出去，不过他是在县城南门外的菜园渡撑船。这个渡口后来撤了，只是在冬天，依然有架板桥穿过小河，越过芦苇滩，从收窄后的大河上跨过。邱水生再撑船，只有到马营渡去，那多是给别人帮忙。他也常常驾渔舟在河里打鱼。

马营渡经久不衰，这得益于千户垭。这是定军山东边的一个垭口。定军山南边的人，坝子里的、浅山和深山里的，都从这垭口经过，而我却因为拉片石熟悉了千户垭。我和奶妈一家人，有半年时间靠拉千户垭采石场的片石混生活。两年后蒙儿插队走了，我也离开了奶妈家，奶妈一个人拉不动车时，便去采石场采石。她和男人们一起把那些石炮炸松的岩石从山上撬下来。我暑假去看她，只见她手戴帆布手套，握着钢钎，站在乱石堆里。她可以提前一小时收工，去给那些男人做饭。每当我看见她那样下力地挣生活而不能帮她时，心里总有一种说不出的苦。

马营渡南岸可以说没有码头，大船泊在水边，船舷高过沙滩一米，两块厚重的踏板直接伸向沙滩，沙滩上有一条铺了砾石的小路。从大船上空车下船，想着返回时重车上船的艰辛：将近三十度的坡度，一辆装满片石的上千斤重的架子车要多大力气才能从踏板上推上船？好在拉车人，相识不相识的，每到渡口都会互相帮衬一把，那些过路的南山人，也会放下挑子或手中的物件，上来搭一把力。我有一次春天和奶妈一起拉片石时，上船倒没有什么，到北岸下船时，眼见一辆重车滑下踏板，一车片石就要翻倾河里，拉车人跳下河用肩头顶那车杠。那真是惊心动魄的一刻，碾盘大小的片石就在头上悬着，谁都不能松劲儿，每一条胳膊，每一双手，每一根手指上都是信任，大家都上去帮忙抬，下力的人，帮别人就是帮自己。

奶妈这次因坐月子不能来拉车了。奶妈不能来，一切靠蒙儿拿主意。如果依然是在春天，这一车片石不光从定军山拉过沔河，还要经过县城直接拉到北山下的国防厂去，过县城后是七八公里上坡路，那全是慢上坡，七八公里路都不能松劲儿。国防厂在山沟，到沟口又没有一点儿好路，这么拉一趟，拉车人累得快要吐血。

这次的活是蒙儿找的。我们只需把片石拉过河，在马营渡北的树林里交给生产队。五百公斤片石六角钱。生产队收片石加固河堤。

蒙儿信心满满，他认为从定军山到马营一半路都是下坡路，几个关口：在山上往车上装片石，放重车下山，两个大的上坡，两道夹河，上船、从船上上码头，最后冲刺河堤……那都可以求人帮忙。蒙儿从来都是这样，不管别人需不需要帮忙，他都先上前帮助别人，毕竟往车上抬片石，一两个汉子是不行的。蒙儿上前帮了别人，别人帮不帮他那就随他们了。不帮也罢，但毕竟多数人是不会看着两个孩子犯难的，何况一起拉车的还有隔壁郑家。郑家婶强悍，她的大儿子成儿原在汉中上中专，比蒙儿大一岁，现在帮郑家婶拉车。加上和我同岁，像蒙儿奶在奶妈家一样奶在郑家，长大后不愿离开郑家的女孩儿娟儿，再加上郑家叔有时上山来帮一把，郑家婶便如虎添翼。一起拉车的还有斜对过儿上街的倪家。倪家婶不像郑家婶那样强悍，不像奶妈那样下死力，但她的儿子，比蒙儿小一岁的俭成发育早、结实，比蒙儿高一头，因为下力早，肩胛、胳膊和腹部都有了肌肉。他常把胳膊向上弓起来，展示自己的二头肌，那一块块跳动的肌肉，让他的母亲倪家婶看到了信心。倪家还有一个比我小一岁的女孩儿丫头，这小姑娘像我和郑家娟儿一样，帮她的妈妈拉边绳。郑家成儿沉稳，倪家俭成和蒙儿还有我玩得好。郑家的成儿、倪家的俭成，那都是会给我和蒙儿帮忙的。

河滩那边，是大片灌木林，两道夹河从林子中流过。清澈的河水没过小腿，鹅卵石在水中清晰可见，树荫下浮动着树的根须。几只雀儿在树丛中跳跃，有时掠过水面。

我和蒙儿脱掉草鞋，拖着空车从河水中哗哗蹚过。我们顺着前人轧实的车辙拖车，这样过河不太费劲儿。毛堡村那边是三四公里平路，再往南就开始上坡，端端的大路翻过一面山坡落下去，再翻过一面山坡落下去，沟底是一条大渠，渠上的桥没有坡度。从这里就开始上定军山。其实我们到不了垭口，还在山腰，就开始往右拐，沿着一条架子车轧出来的小路，斜斜地把车拉上去。采石场在半山腰，车停在采石场下，稍避开采石场。拉车的人从山上放石头，大的小的石头都从山坡上往下滚。采石场有的是钢钎和撬棍，我和蒙儿自己选石头。不能要太大的，架子车装不下，也不能要太小的，占地方，却没有斤两。我们一般选二百公斤左右的石头，车中间压一块，车后木枋前压一块，车把根部压一块，这样好掌握平衡。

两三百公斤重的大片石要撬上架子车不是一件容易的事。郑家成儿、倪家俭成、郑家叔，还有我叫不上名的一两个汉子，来帮我和蒙儿装车。撬棍和钢钎一起上，把片石撬上车安放妥帖，再用绳牢牢拴住。从山上小路下到山下大路这一段最危险：道路窄，完全是重车轧出来的，坑洼不平；路的左边是一条深沟；紧贴着路右边，裸露在路边的片石棱角锋利。有一段下坡路深深地斜下去，到了这一段，集中三个壮实的把式，在前头用肩头扛稳车把，像我和娟儿这样的在后面压实了拖棒，一点点地把车放下山。上了大路，大家都松了一口气。下山后一切都归蒙儿和我了。我们拖着重车，和别家一样翻过两面大坡。蒙儿掌车把，拼尽力气把身子探向前边，我用双手在后边使劲儿推。我们在上坡路上扭过来扭过去地走出"之"字形。等我们上到坡顶，别的车已走远了。

我们必须赶上前面的车子，钉住他们。下坡时我和蒙儿尽量快跑，蒙儿压低车把，凭借惯性，沉重的车子跑出了速度。将近毛堡那三四公里路最是熬人。这一段路平，但是路长，要的是力气。我把全身的力气聚集在那一根边绳上，右手垫肩，减轻一点儿肩头的疼痛。已近7月，太阳有了狠劲儿了，蒙儿身上的汗把背心湿透了，脖子上、肩膀上、胳膊上黑黝黝放光，一张过早成熟的脸露出沉稳。我们不能让前面的车子把我们甩下，甩在后面，过夹河出了麻达没人帮忙。

蒙儿肩头的双层帆布车背襻汗湿了，我把边绳从肩头搭向后背，我和蒙儿的上身都绷紧了，直直地挺着，眼睛盯着脚下的路。

想跟上郑家婶是不容易的，郑家的车子已经不见踪影。我们的第一目标是跟上倪家。倪家的车子在我们视野范围内。

午后的道路更是烤人，汗珠从鼻尖和发梢落下。好像有点儿早，路边地坎的一棵榆树上，一只知了"知了知了"地叫，我记得往年知了要叫得迟些。

只要能跟上倪家，过夹河没有问题。至于在大河南岸上大船，艄公每次都要等，至少要凑半船人才会过河。在那里求人帮忙上大船没问题。关键是夹河，夹河那地方，路走好了，瞄准了车辙，铆足力气一口气往前冲，只要不跑偏，我和蒙儿两人也能顺利通过。但万一跑偏了，那就会陷在河里。快到毛堡村了，我们突然看见倪家在村口停车，树荫下，郑家婶一家也在那里等着。我松了口气。蒙儿抹一把汗说："成儿哥哥在等我们。"

郑家婶笑眯眯地看着我和蒙儿赶上来，郑家叔、郑成儿和娟儿也都笑眯眯的，好像是受了她的感染似的。

过了毛堡村就是夹河，不到夹河我们就让车子跑起来，我们要一下子冲过河去。我们瞄准河里的车辙，疯跑进河，溅起一片水花。头一辆车过去了，水变得有点儿浑浊，但流水很快又使河中的道路变得清晰。郑成儿和俭成过来帮我和蒙儿推车。我和蒙儿憋一口气一下子冲到对岸，上河坎时稍稍停顿了一下，郑家婶上来搭了一把力。第二道夹河在树林子里，河那边，乱石滩里有一块青草地。郑成儿把车停下，郑家婶说："喘口气！"这里风景宜人，茂密的灌木形成屏障，清澈的河水静静地流淌，在一片滑石间激起哗哗声；大片林子浸在水中，鸟儿在林间啁啾，树荫下波光粼粼，偶尔有大鱼在水中翻一个浪花；岸边浅水里，麻鱼儿缓缓游弋，倾听动静。我们在河里洗一把脸。郑家叔坐在石堆上，捧一只保温壶喝水；郑家婶倪家婶站在河边用毛巾扇凉；蒙儿在河中间擦洗脖子和胳膊；我和倪俭成朝河里打水漂；娟儿在岸上采花；丫头小心翼翼地把河水捧起来向远处洒去。

出了林子便看见大河。大船正向这边驶来，十几辆拉片石的车在岸边等着。

上船驶向对岸。下船冲刺河堤。

一上河堤，就看见义珍挽着小笼筐在河堤大路上急急地走，九岁的义珍送饭来了。附近农家已吃过晌午饭。

有一次我和蒙儿被丢下了。我们是在不经意间被丢下的，谁也没有想到我们会被丢下，因为每次我们都走在最后。那是一个很闷的天，从早晨起就是雨要下不下的样子，让人有点儿烦。那天从定军山下山时，我就觉得前面扛车把的人不太沉稳。下山后，快到第一个上坡时，在渠沟的石桥这边，我发现右边车外胎被片石的棱角划开了一道口子，接着外胎和内胎一起爆了。一个车外胎三块钱，那顶我和蒙儿五六天的劳动所得。蒙儿非常沮丧。他用顶棒把车把顶了，卸下车轮，扛着车轮回县城修补。

"你一个人在这儿把车子守住。"蒙儿说。

我望望被顶棒撑起的只剩下一只轮子的车子。

"可不敢让车子倒下，倒下来这一车片石我们俩就没法收拾了！"蒙儿说。

他走出去几步，又返回来："不过车子真的要倒了你也别管它，别让石头把你压了。你可别傻啊！"

我说："嗯。"

蒙儿走了，在山坡上回头看我，我有点儿孤单。

真是沉闷的一天，过往的山民很少。我到大渠边擦洗一把。天空中，云压得很低。渠边洼地里，坎上有蛤蟆在爬。我一次次到坡顶上张望。快黄昏时，远远看见蒙儿滚着车轮往坡上走。定军山采石场的哨子响了，那是在告诫行人不要到山边去。一会儿，沉闷的炮声响了，一些碎石落在我周围。蒙儿回来时天暗了一下，闷了一天好像要下雨，但终归没有下。云开了，朦胧的月色从定军山东边照过来，夜晚来临。我吃完蒙儿带给我的一个馒头，趁月色和蒙儿一起装好车轮。我们可能是太疲乏了，这天觉得车子很沉。我们爬坡时，铆足力气，车子就是不动。蒙儿长叹一声。月色中坡顶闪过来一个黑影，这是回南山的一个山民。他走过我们身边，蒙儿叫一声："老哥哥！"这山民几乎没有犹豫就上来帮我们推车，一口气推到坡顶。"谢谢了，老哥哥！"蒙儿大声说。山民走了，消失在夜色中。这山民是和我并肩推车的，月色中，我没有看清他的面孔。

麻烦真的出在夹河了！虽然我们在夹河这边就把车子拉得飞快，跑起来，但月色下看不清车辙，车陷在河里。蒙儿拼尽力气，我跑左跑右在水中扳动车轮。我们用了近一个小时，才上到夹河对岸。

到大河边时，夜已深了。月光下河面上一片白茫茫，空无什物。一只夜鸟从河上飞过，叫了一声。

"车子过不了河了。"蒙儿说。

我们把两个车轮都卸了，把车架子和片石搁在河滩。

乏，饿，无助。我和蒙儿在河这边朝着对岸河堤上影绰可见的篷寮大声喊："船家——船家——开船来——"没有回应。

月在中天，满天繁星。只是觉得月也有、星也有，可天空不爽，朦朦胧胧，好像被一层雾罩着。那是河上飘荡的水汽。待我们叫得再也不想叫时，对面河堤上传来我们熟悉的喊声，那是奶爸找我们来了！他在喊我和蒙儿的名字。一刻钟后，一只小船从对面驶过来。船家站在船上大声说："我

听见有人喊，还以为是做梦呢！"

　　这一夜，在奶妈家的阁楼上，我和蒙儿睡得真死！

写于2013年1月15日

别再说弹球了

这天中午回来，我往厨房里走。义珍突然在厨房里叫："哎呀！妈，姨姨来了！庭儿哥哥的妈来了！"

我往后门看，就看见我的母亲站在后门口。怎么从后门来了呢？

我的母亲穿着一件银灰色的衬衫，烟灰色的长裤，脚蹬球鞋。

她站在后门口，由于天热赶路，她的脸有一些涨红，她的眼睛放光，看上去颇有精神。

母亲在后门口大声叫奶妈的名字。

奶妈从睡房里出来，看我站在那里发呆，说："庭儿，咋不招呼你妈呢？"

母亲叫我，我答应了一声。

母亲说："黑了。"

奶妈说："跟我们拉车呢。"

母亲望着奶妈头上裹着的毛巾，说："又生了？"

奶妈说："刚生了，还不到一星期。"

蒙儿从堂屋过来，叫了声"姨姨"。

奶妈说："蒙儿，招呼你姨姨到堂屋里坐。给你姨姨煮荷包蛋，睡房卧柜里有白糖呢。"

母亲站后门口不停地用草帽扇风。母亲说："我后面还有一个人呢。"

奶妈说："还有谁？"

母亲说："他爸爸也来了，病了，在后面车子上拉着呢。"

奶妈赶紧说："义珍，你悄悄地莫声张，赶紧到北门口食堂叫你爸爸回来，就说妈叫你赶紧回来呢。庭儿，你还不赶快到后门外头接你爸爸去！"

我出了后门，就看见一辆架子车从鸡蛋家后山墙下面的路坎下拉了上来，拉车的是一个农民。我跑过去帮忙拖车子。父亲睡在车上，蒙着被子。

奶妈说："蒙儿你去把街门掩一下。庭儿你扶你爸爸进屋到堂屋里坐。"

我揭开被子，就看见父亲脸色蜡黄。他捂着肚子，脸比过去小了一圈。

奶爸急慌慌地回家来了。奶爸说："蒙儿，你和庭儿赶紧下河坝洗竹帘去，回来把竹帘挂到街门上。"

蒙儿上阁楼找到竹帘，拿一把刷子和我一起往河坝走。洗竹帘回来，奶爸说："蒙儿你上楼把那副门扇搬下来，在堂屋给你姨父支一张床。"

　　义珍在厨房里煮荷包蛋，煮好后端给我父母和那个拉车的农民。

　　母亲说："他爸爸吃不成。他吐酸水呢。"

　　母亲对吃完荷包蛋的拉车人说："你先走一步，这两天辛苦你了！"

　　拉车人拉着空车从后门外原路返回。

　　这段时间，汉中到沔河的公路交通断了，母亲他们这次顺着汉江南岸的小路而来，单程将近四十公里路。

　　母亲说："我们这次来走的小路，从马营渡口过来，走后头河坎来的。"

　　我不知道这次来的还有妹妹呢，这年她十一岁，居然也和母亲他们一起半夜出发，走了近四十公里路。过了马营渡口，母亲先把她送到渡口东边李家庄妹妹的奶妈家落脚。

　　奶爸说："义珍你记住，从今天起不要招呼人到我们家里来，有人来你就给我挡在屋门外头。"

　　母亲说："他爸爸说起来也没有别的，就是吃不下饭每天呕酸水，浑身没有力气坐不住。在那边治不好，想来这边看病。"

　　奶爸说："这个好说，几个大夫都很熟，我去找他们到家里来看，外人是不会知道的。"

　　父亲便被安顿在堂屋里，躺到床上。

　　母亲说："要在你们家住上一阵子呢，又给你们添麻烦了。"

　　奶爸说："庭儿他妈你就放心吧，你尽管放心住就是。"

　　母亲进睡房和奶妈说了一会儿话，只听见奶妈说："你放心就是了，一切有我们呢。"

　　母亲出来对我说："你爸爸在这里养病，你也操点儿心。"

　　我回答说："嗯。"

　　母亲说："我今晚上去李家庄你妹妹奶妈家歇。"

　　奶爸说："你不如就待在沔河这边算了。"

　　母亲说："汉中那边还得我操心呢。"

　　母亲从后门走了。我和奶爸到棉花街去。

　　在棉花街一座老阁楼下，奶爸和我去请孟大夫。

　　孟大夫五十岁模样，文质彬彬，面色白净。我第一眼就认出了他，父亲过去在沔河工作时，他曾经到家里来给母亲看过病。只听他小声说："没有问题，我拿个听诊器就来。我知道你们家的街门。"

　　我们在大十字街口买了鸡蛋。回到家，孟大夫已经提前到了，正在给躺在床上的父亲号脉，号过脉后又用听诊器仔细听，听罢了又看看父亲的舌苔，末了说："不要紧，我一会儿就回医院取药，先吃药静养一段再说。"

　　没过几天，二哥来了。

　　二哥是和母亲一起来的。母亲对奶妈说："让他二哥待在他爸爸面前，免得他爸爸对他二哥不放心。"

　　奶妈说："得行。"

母亲让二哥到父亲身边看父亲，父亲也不转身。

二哥叫："爸爸。"父亲长长叹了一口气。

母亲说："真的给你们添麻烦了。"

奶妈说："搁往常请还请不来呢。"

母亲走了。我和二哥去送母亲。我们把她送到后头河坎。母亲沿着河坎走。她走过东城壕口水闸边的独木桥，一直往马营方向去了。

母亲走了，我和二哥坐在河堤边片石上。

二哥给我介绍汉中的情况。

二哥说："一连几天晚上，我们都上到舅舅家房后坡顶上往城里望，城里着大火了。"

我问："是哪里？"

二哥说："具体是哪里不知道，大火好多天都不灭。"

我说："你还回过家吗？"

二哥说："城里着火之前我和妈回去过一次，那次我和妈从厨房搬走了灶门边的风箱和那个最大的坛子。那天房屋都在震动，妈搬坛子出来摔了一跤，把坛子的盖子碰碎了。"

我知道那个坛子，上了釉的，到我腰部那么高。母亲每年用它腌制几十斤咸菜呢。二哥说这话，好像他和母亲抢救出来一个风箱和一个坛子有多大功绩似的。

二哥说："城里面的人都快要跑空了。"

我想起我的好朋友项勇，问二哥："你知道项勇他们家跑到哪里去了吗？"

二哥停了一下，盯着我的眼睛，说："项勇死了。"

我半天没吭声。

在我们家，我和二哥最爱交流。二哥有时喜欢逗逗我，耍一点儿小小的把戏。比如说，夏天睡午觉，我假装睡着了，二哥以为我真睡着了，就趴在我面前用诱导的口气小声问我话，我就支吾着回答他，他于是很得意。

他现在又想玩这一套，想考验我和项勇的友谊。但有关人的生死是多么重要的事，我居然没有识破。

项勇是城北汽车公司一个司机的儿子，他家住的那条街离我们家住的那条街比较近，大家都知道我和他关系最好。其实二哥也不知道他们一家跑到哪里去了。二哥就是想看我眼中的泪，并且为自己成功地哄了我而永远得意。

二哥无视我眼里的泪花，贼贼地笑了一下，说："我发现了你的一个小秘密。"

我噙着泪水看着他。

他说："那天房子摇晃，突然从窗框底下的缝子里，滚出来了一串崭新的弹球。那些弹球是不是你走之前藏的？"

这真是一个无聊的问题。那一段时间，百无聊赖时，我也打弹球消磨时光。我借了一个半子，努力赢取，把它变成了一颗麻子，又变成了七成新的，九成新的，最后赢取了新弹球。我扩大战果，赢取了五六颗崭新的弹球，它们看起来是那么玲珑。

二哥从裤袋里掏出来一颗，说："我给你带来了一颗。"

我说："是我藏的。"

我当初打弹球是因为百无聊赖，我对打弹球其实没有什么兴趣。而且我现在在拉车呢！

我说："我早就不玩这个了。"

二哥说："我从来不玩这个。这是我专门为你收藏的。你不要，那我就扔了？"

我想：项勇都死了，你还跟我说什么弹球！别再跟我说弹球了吧！

我说："我不要了，你扔吧。"

二哥站起来，抡起胳膊把弹球扔向远方，我看见它在空中一闪而过，没看见它落在什么地方。

二哥说："你别为项勇难过。"

我说："我这一辈子都不玩弹球了！"

二哥跟我和蒙儿拉了两天架子车，他拉边绳。

过了两天，二哥突然说要走了。

二哥说走就走，二哥走时父亲叹了一口气。

我回到汉中是第二年的春天。我回到汉中，看到南大街、汉中路、中山街、川前街、万寿寺巷、挂匾巷和北大街北段都被大火烧了，钟鼓楼不见了，大成殿成了一片废墟，我们住的家属院前后三个大院子一片瓦砾。我站在项勇他们家门前那个地方，只见焦土中斜立着几根烧焦的木头柱

子……不过，我到学校后在教室里第一眼就看见了项勇，我又激动、又突兀地说："不是说你死了吗？"

项勇愣了半天，说："什么意思？"

我说："我二哥说你死了。"

项勇不明白我二哥为什么这么说。

我问："你们家跑到哪里去了？"

项勇说："老褒城。"

我回家问二哥："你为什么骗我呢？"

他笑笑，也不给我一个解释。

写于2014年8月20日

2020年8月29日改于浦东

受惊的毛驴

又是大太阳，赤日如火，公路上热气蒸人。路两边的田野没有风，树叶纹丝不动。田里没有蛙鸣，秧鸡躲在田垄里。看不见种田的人，大路小路上都没有行人，只有我们拉车人，在正午的大太阳底下，在黄泥岗子的高梁上，顺着这高梁上起伏的混砂料姜石铺的公路，一路洒汗水，一路拖着砖车缓慢地往前挣着走。

这一段路上只有我们这一辆车。郑家婶和倪家婶他们走到前面去了。蒙儿觉得今天的车胎有点儿蔫。天太热了，路面太烫了，车胎的气不敢打得太饱了，重车加蔫胎自然费劲儿。

蒙儿今天有点儿焦躁。天热，车子拉不动，即便在树荫下面，也感觉不到一丝凉意。水壶里的水被晒烫了，锅盔被晒得又干又硬，连草帽扣在头上都是烫的。

"这是什么天啊，真要人命！"蒙儿说。

不过过了晌午，黄沙镇已在眼前了。蒙儿和我强咽下最后一块锅盔，喝一口晒得很热的水，把车子拉得慢慢跑起来，准备着再拐一个弯，从公路下黄沙河滩。

还没到岔路口，听见车胎啪的一声。

"糟了！"蒙儿说。

左边的车胎爆了。内胎和外胎都炸开了一道口子。天太热，车胎太乏了，也许又轧上了一块尖利的石头。蒙儿停下车苦恼地看，用顶棒把左边的车把顶起来，卸下车轱辘。

"这个车胎太乏了，早该换车胎了。一点儿气也不敢多打，还爆了！"

不过他又笑了："好在只有一点儿路了。你在这里看好车子，我到黄沙镇上找修车匠补车胎去。"

郑家婶和倪家婶他们卸完砖已经转来了。郑家婶老远就说："左等你们不来，右等你们不来，原来是车胎爆了，我说呢！"

蒙儿说："倒霉！"

郑家婶说："你们两个也别着急，一会儿下了黄沙河滩找一找人。后面还有一帮拉车的人呢，他们有牲口，他们出门晚，走得迟。"

倪家婶说："河坝边头久成你认得吧？他是辆驴车，往天走对面还打招呼呢。"

俭成说："蒙儿和庭儿都认得久成，他和我们一起在河坝里捞过扎墙的根脚石呢。久成打'没耳头'打得好，和蒙儿在水底下抢过石头呢。"

郑家婶说："那就好，一会儿你们就叫一声久成。"

郑家婶和倪家婶拉着车往回走了。蒙儿去镇子上补车胎。蒙儿说："水壶里还有水呢，你别舍不得喝。"

蒙儿补好车胎转来，就看见一溜车子过来了。这一帮人是上街的，他们不习惯半夜动身，都是天亮才动身。不过这里面有一辆驴车，驾车的就是我们下街河坝边头的久成。他的车子套的是一头母驴，一头小叫驴紧紧地跟着它的母亲。

蒙儿叫了一声："久成！"

久成说："蒙儿啊！"

蒙儿说："一会儿在河滩里帮我推一把车子。"

久成说："没问题。车胎爆了吧？"

蒙儿说："刚修好，安上就过来。你等下我。"

久成说："那有啥问题呢！"

我和蒙儿拉着车子下了河滩。久成果然过来了，还带了几个帮手。他们呼啦啦帮我们把车子推过苇滩，一直推进收砖的沙坝。

卸完砖，久成说："蒙儿，我们一路走。"

蒙儿说："当然。"

我们一路出苇滩上了公路。

久成一上公路就跳坐到自己的毛驴车上。一个小子在后边喊："久成，就你坐毛驴车啊？"

久成说："那还要咋样？"

"也不捎带一下弟兄们！"

久成跳下来说："这么办吧，我们坐连连车。"

　　所谓连连车，就是第二辆车的车把绑在头一辆车的后车枋上，第三辆车的车把绑在第二辆车的后车枋上，以此类推。这一溜总共连了四辆车，我们的车子连在最后头。每一个连上的车子把上都坐一个压车把的人，其余人都坐到头一辆车上。头一辆车是久成的车，久成掌车把，在前面使劲儿拉车的是他的毛驴。

　　蒙儿对我说："我在后头压车把，你到前面去坐久成的车，头一辆车平稳。"

　　头一辆车上坐着四个人。一个人说："久成，总不能让你一个人掌车把吧？你还出了一头毛驴呢！这么着吧，我们轮流掌车把，从前面按顺序开始，大家都掌一会儿车把，轮流坐车。"

　　别的人都说："得行！"

　　我没有吱声。

　　我没有掌过毛驴拉的车。

　　到黄泥岗子了。车上人说："久成，该换了。从前面开始，前面是蒙儿的兄弟吧？那就从你开始，你下去掌车把。"

　　久成说："得行吧？"

　　那个人说："应该得行。这是空车啊！"

　　久成把车停下。我跳下车，跨过驴身上扯过来的引绳，钻到车把中间。

　　我按下车把。

　　我按下车把时觉得车把有一点儿沉。久成坐的是我刚才坐的那个位置。久成成年了，而我只有十三岁。我用力抓紧车把，把车把往上提。

　　是不一样。毛驴用力的时候，车把就有点儿起伏，我的手腕子和胳膊就得加一把力。我明显感到力气不够。

　　这正是在黄泥岗子的高梁上。突然，从坡下面冲上来一辆解放牌大卡车。大卡车鸣响了高音喇叭。久成的小叫驴一直走在它的母亲后边，它的母亲在前面拉车。高音喇叭吓了小叫驴一大跳，小叫驴转身往回跑。母驴看见小叫驴往回跑，突然也来了个急转身。我手上的车把跟着猛地一转，咔嚓一声，后车枋上绑牢的第二辆车的车把折断了。

　　汽车从我们的身边鸣笛而过，小叫驴又吓得跑回来，母驴再折回来跟着跑。后车枋上绑着的车把完全断了，前面的车子塌下来，我的双手被车把死死地压住，我想把车把提起来，但这不可能，几个人的重量都压在前面，而我不可能停下，我一旦停下，车子便会从我的身上翻过去。我的手压在车把下面，人跟着车把跑，毛驴在前面一边疯跑一边用力。前面的人纷纷跳下车，久成一把把毛驴扯住。

　　蒙儿从后面跑上来，几个人扶起车把，把我的手从车把下面抽出来。

　　我尖声大叫。

　　完了，该死的毛驴！我的手完了！只见鲜血从我的手指间淌下来。我的额颅上大汗淋漓。

我两只手的手指血肉模糊。

蒙儿用一块手帕裹住了我的双手。他把我背起来，不顾一切地顺公路拼命往县城方向跑。

我喊："哥哥！快点儿！快点儿！"我疼痛钻心。

蒙儿一口气跑出去三公里路。我一路上痛得直叫"哥哥"。

堰河大桥这边桥头有一个农村合作医疗站，他们给我简单包扎了一下，说："赶快往城里头走！"

一辆毛驴车从后面赶上来了。是一辆我不认识的驴车和一个我不认识的上了点儿年纪的赶车人。他大声喊："赶快上车！"

我大声叫："我不坐车！"

那人大声说："别怕！我这驴听使唤得很！"

我们坐上驴车。这辆车的车把搭在驴背上，赶车的人坐在车上用鞭子使劲儿抽驴。驴飞跑起来，四蹄腾空。蒙儿在车上把我紧紧抱住。

一个小时后，我在城关镇医院看上了急诊。他们给我打了防破伤风的针，还用酒精给我清洗伤口里的碎石头和沙子。我看了一眼：我的手完了！我左右手手指有六根的指甲脱落了！它们是双手的食指、中指和无名指。左手的中指和无名指少半截都没有了！我看见了手指上烂糟糟的肉和露在外面的白生生的指骨。

知道手指的骨头吗？它原来是那么纤细！我看见我的手

指骨像两根蜡烛的烛芯，它又细又白。蜡烛的烛芯在烛蜡剥光后就是那样，又软弱又无助。我原来那么灵活的手指，那么有劲儿的手指，现在变成了细细的白色的烛芯，连一根火柴棍儿都不如。我心里又慌又毛。

我说："大夫，我的手完了吗？"

大夫说："看看再说。"

他正用酒精棉球一点点地把指骨头和烂肉里的沙子清理出来。他没有打麻药，进门立马就处理了。打麻药已来不及。

我咬着牙吸气。

大夫说："小伙子，忍着点儿。我知道很疼，十指连心嘛。"

我的双手最后被厚厚地包扎起来，像戴了一双厚厚的拳击手套，双手吊在胸前。我的手指突突地跳，手臂不停地抖动。我的下巴颏打战，身子也不停地抖动。

奶妈在我刚到医院时就赶来了。她看了医生给我清洗和包扎的全过程。奶妈骂蒙儿："怎么敢让他驾驴车呢？"

蒙儿一副又担心又害怕的模样。蒙儿在我身边走来走去，苦焦地看着我。

还是蒙儿背我回家。蒙儿怕我走路时颠得疼。

我在堂屋里见到坐在床上的父亲。

父亲往天躺在床上。今天坐在床上，一副忧心的样子。他什么也没有问，也不看我，只是垂着头抱着自己的膝盖，深深地叹了一口气。

奶妈站在一旁抱愧地说："都怪我，都怪我没有跟着去，都怪我没有给蒙儿嘱托扎实！"

其实最担心的是我自己。我目睹了自己双手的惨状。我最担心的是我的双手落下残疾。左手的中指和无名指会不会就剩下半截？左手和右手的食指、中指、无名指还能不能再长出手指甲呢？我看见那些破碎的手指甲，被车把下的碎石头蹭得四分五裂。大夫用镊子把它们一片片带血夹走，放在一个白色的搪瓷盘子里。

该死的驴呀！我痛恨那辆驴车！我今后再也不坐驴车了。久成，你怎么不好好调教那头驴呢？你怎么让老母驴拉车，让小叫驴一路上跟着呢？那个小叫驴它懂什么事嘛！

久成托人把我们的架子车送回来。久成没有露面。

这天下午我一直躺在阁楼上，瞅着包得像白面馒头一样的双手，我的四肢不停地发抖。

写于2014年8月22日

平凡的生活

一

奶妈坐在厨房灶门前，眼盯着灶台边的地面。月娃儿还没有满月。奶妈不住地拧紧眉头。

奶爸从后门进来，他去马营河坎黑市买回来半口袋米。

奶妈说："啥价？"

奶爸说："二八价。"

奶妈上前抓一把看了看，说："这米里掺的有沙子。"

奶爸说："没办法，就这还买不到手呢。"

这一向，月娃儿把奶缺了，奶妈用米汤代替奶水。每次做米饭时控出稠稠的米汤，装在奶瓶里，加一颗细沙子一样碎的糖精。

"我可怜的月娃儿哟！"奶妈总是一边这么说，一边把奶嘴塞在月娃儿的小嘴里。

蒙儿没有活干就急得团团转。

蒙儿说："妈，我进山砍柴呀！"

奶妈说："你别急嘛！"

"要不我一个人拉车。我拉一百二十块砖你看得行吧？"

奶妈说："我说你别急嘛！"

奶妈坐在灶门口想了一会儿，用瓦片把灶膛里的火头压住。奶爸控好了米汤，把切好的北瓜下在锅里，把米饭盖在北瓜上。

奶爸说："小火。"

奶妈说："晓得。"

吃罢饭，奶妈给月娃儿喂米汤。奶妈说："可怜的娃儿哟！"

奶妈这么说着的时候脸上挂着笑，我怎么觉得有点儿心酸。

奶妈在灶门前坐着时，无来由地淌了一回眼泪。她用大拇指擦拭净眼角的泪水。

奶妈说："都怪我命苦！"

奶爸说："我看你还是别拉了吧。"

奶妈说："买一颗糖精也要花钱呀。哪里都要花钱：米要买黑市米；庭儿的手要看伤，还在打消炎针呢；这五六天没有添一根菜，老吃醋水咸盐拌葱花哪里来的奶水呢？蒙儿还想换一副新车胎；鸡蛋已涨到三分五一个了……"

奶爸说："那你说咋办呢？"

奶妈说："他爸，你去给我找一个喂牛的牛草筬子，你再给我找一把干稻草，把它揉软了垫在筬子里。"

"你要干啥？"

"我要带上月娃儿拉车。"

"这怎么能行？"

"我想好了，牛草筬子里放一个小褥子，把月娃儿放在筬子里，用小铺盖搭住。我们在车子后排立一排砖，把筬子搁车上用砖头卡住，再用麻绳绑紧，一个人在前面拉背襻，一个人在后面推，推车的人顺便也看住了月娃儿，反正他还小，不可能翻到筬子外面去。"

"那怎么吃奶呢？"

"我把米汤在奶瓶里装好，我带两奶瓶米汤，大太阳底下，奶瓶肯定晒热，月娃儿吃米汤肚子不会受凉。再说了，我多少还能给他吃几口奶堵堵嘴。"

奶爸愣神想了一阵，说："这还没有满月啊！"

奶爸去后头河坎转了一圈，到久成家要了一个喂驴的牛草筬子。奶爸跟久成又要了一把干稻草，在河坝里把筬子洗净晾干，回来按照奶妈的意思，把稻草垫在筬子里，做成一个又宽敞，又透气，又便于月娃儿撒尿后淌尿的摇篮。

奶妈把月娃儿放在摇篮里轻轻摇。月娃儿瞪着一双大眼睛。

奶爸笑着望着月娃儿，说："小东西！"又说："小人儿最好了，小人儿无法估计，谁知道小人儿长大了干什么呢？"

奶妈说："别扯闲，我跟你说真的，我们还是得半夜动身，我总不可能让月娃儿跟我们晒一个白天的大太阳吧？你今天给我买一个闹钟回来。晚上人肯定乏得很，有个闹钟半夜里好叫醒。"

奶爸这天晌午就买回来一个双铃闹钟。上海产的，里面有一个鸡啄米的秒针装置。奶妈问："这闹钟多少钱？"奶爸说："五块钱。"奶妈说："这么贵啊？五块钱！这得我和蒙儿拉三天车呢！"

黄昏，奶妈和蒙儿拉着空车到天荡山下李家沟机砖厂装机砖。天黑定后回来，奶妈撩起衫子给月娃儿吃奶。蒙儿在街门外卸砖，用砖头垫稳车把，卸下两个车轮搬进堂屋搁到角落里。

奶妈说："蒙儿你早点儿上楼睡觉，我们半夜起身。"

二

已进头伏，阁楼里白天闷热。楼上铺着干稻草，我和蒙儿晚上在阁楼上睡觉。人太乏了，就算闷热也能睡着。

上半夜阁楼里暑气不散。但是过了午夜，河道风从屋顶瓦缝吹进来，阁楼里渐渐凉了。

闹钟果然响了。蒙儿一骨碌爬起来，我从稻草堆里坐起来。蒙儿说："你睡觉，不要起来。"

但我还是起来了，跟着他下楼。

奶爸早已起床，在厨房下面条。灶头亮着一盏煤油灯。

蒙儿穿过过道和堂屋，拉开街门，把车轱辘从堂屋搬出去。他把车轱辘装好，用肩膀扛起车把，拿掉车把下支着的砖头，让车轱辘着地。

我拐进睡房。

奶妈已经起床。奶妈说："庭儿你起这么早干啥？"我说："我看看月娃儿。"

只见义珍、义蓉睡在奶妈卧床的里头，两岁的义蓉睡在九岁的义珍脚下。月娃儿睡在奶妈的枕头边。

睡房那头，七岁的义能儿睡在奶爸的枕头旁。

奶妈给月娃儿穿衣服，给他的裆里垫尿布。月娃儿还在酣睡。

奶妈和蒙儿去厨房吃面，奶妈说："庭儿你也吃一碗。"

我说："我不吃，我看看月娃儿。"

一会儿，奶妈又进来给义蓉穿衣服，义蓉睡得迷迷糊糊的。奶妈给义蓉穿好，把她抱起来，出了睡房过道穿过堂屋出街门。我跟着奶妈出门。

北斗七星高挂天空。河道风吹散了老街的暑气。

街上静悄悄的。隔壁郑家婶家，西头街对过儿倪家婶家，都悄悄地在自家门口收拾自己的车子。这样收拾车子的拉车女人，还有西头上街一个姓张的媳妇、东头下街一个姓龚的女人。姓龚的是一个四十来岁的下放居民，她拉了一个月车，受不住辛苦，就收了手。

奶妈抱着义蓉走到街对面，鲍家东头是袁家，这家有个六十岁的婆婆。奶妈每次半夜出车，都把义蓉寄放在袁婆婆家，让她跟袁婆婆睡。

门吱呀一声开了，袁婆婆站在门口掖自己的衣襟子。

她把义蓉抱过去，搂在怀里，说："乖乖的义蓉哟！"

奶妈转身回来收拾车子。

牛草箢子在车上已经安放好，奶爸在车把根部绑了一个布袋子和一个铝皮军用水壶，这铝壶是奶妈的哥哥送给她的。她的哥哥在乡下当农民，早年上过朝鲜战场，当过志愿军战士。水壶里装着开水，布袋里装着锅盔。

蒙儿在检查车挡、车杠和圈条，检查车胎的气合不合适，又检查拖棒和背襻。

奶妈进厨房在过道口从水缸里端出一个铝盆，昨晚在铝盆里冰了半盆米汤，奶妈闻了闻米汤，说："不馊。"然后就把米汤灌进奶瓶，往瓶里加糖精。

奶妈抱月娃儿时又说："可怜的娃儿哟！"她将月娃儿抱出街门慢慢搁进牛草箢子。箢子的稻草上铺了个小褥子，褥子上垫了一块油布。奶妈把月娃儿放好，用一床小被子搭住，把米汤瓶搁在他身边，说："娃儿，看好你的饭食。"

我伸头看月娃儿，他倒还睡得香。奶妈顺手又在他身边放了一沓尿布。

蒙儿用一根粗麻绳，把装了娃儿的筐子连砖头带架子车捆了两匝。

蒙儿说："没问题。"

奶妈用一顶草帽把娃儿盖住。

奶妈说："蒙儿你在前头拉背褡。"

蒙儿到前面掌好车把，把背褡挎上肩，压下车把，身子探出去用力拉。

奶妈双手在后面推。

奶爸帮蒙儿压住车把，使劲儿往前面拖。

这就走了。

奶妈说："庭儿你回去睡觉。屋里的事叫义珍干，你好好将息手。"

蒙儿说："庭儿你进屋去。"

我站在街门口，看着他们一起在星光下上了东城门口石桥，在桥头消失。

一会儿奶爸转来，说："我把他们送上北马路了，你回楼上再睡一觉，莫担心。"

奶爸收拾完锅碗，端着一个搪瓷缸子出街门，缸子里装着昨天剩下的稀饭。他踩着星光往西头上街走，拐进豆芽巷往北城门方向去了。他去上早班。

三

　　每天后半夜都是这样，但是我不再起床。我已知道了奶妈带月娃儿拉车的操作流程。

　　不过每天后半夜我都要醒来，躺在草窝里睁着眼听动静。

　　奶妈和蒙儿吃过饭拉着车子走了。

　　阁楼北头，那个低矮的挡头板墙外屋檐下就是街门，门外面街上的声音听得清清楚楚。奶妈的车总是这条街上走得最早的。没办法，因为又拉车又照看月娃儿，奶妈和蒙儿就算走得早，但最后还是被别的车甩在后头。

　　我听见郑家婶的车没过一会儿也走了，接下来可能是倪家的车。后来好半天都没有动静，我迷迷糊糊快要睡着了。这时候一阵嘚嘚的毛驴蹄声响。这是一辆重车，沙沙响，毛驴的蹄声很有力。这是上头倪家隔壁焦家老大的车，他每次拉四百块砖，蒙儿很是羡慕。

　　这焦老大兄弟姊妹总共十二个，人称一打，干什么的都有，木匠、泥水匠、漆匠……这焦老大却专业拉车。他方脸，长腿，大高个子，平肩膀，两个肩膀端起，却是高度近视眼，浓密灰白的头发，鼻梁上架着一副深度近视眼镜，他就是戴着眼镜也差不多要摸着走路，因此人称瞎子。那么他只有驾毛驴车了，毛驴在前面拉车，不需要怎么指引，他只需双手掌握车把，夹一根鞭杆，跟在毛驴身后走。

他那个文质彬彬、端着肩膀小心走路的样子，后来让我想起一个人，这个人就是高尔基。我后来看《列宁在1918》这部影片，列宁批评高尔基，让他不要为"绊脚石"辩护。我看见那个高尔基文质彬彬、端着肩膀的样子，这不就是焦家老大嘛，他怎么就这么传神呢？

我迷迷糊糊又要睡着了，街门外就听见了重重的脚步声，好像还有喘息的声音。这是担着挑子穿草鞋走路的脚步声，城外面进城赶早集卖菜的来了。这个季节，他们挑的大半是白里透红的水萝卜，还有莴笋。萝卜和莴笋一层层码起。

奶妈家的街门吱呀一声被人从外面轻轻地推开，有点儿窸窸窣窣的声音传来，这是街上专职倒尿的农民来了。这辈子，在奶妈家我见过他们倒尿无数次，这倒尿的是一个上了年纪的老婆婆，有时候来的据说是她的儿媳妇。

我知道她每次都是挑着一副尿桶过来，一只桶空着，一只桶装了半桶水。她总是在黑暗中悄悄地来，悄悄地穿过堂屋进过道，站在睡房门口。她不进睡房，掀开睡房门帘的一角，伸手提起睡房门里边一只麻绳系的尿罐，提到街门外，把尿倒在空桶里，然后舀半勺清水，象征性地涮一下罐子，再搁回来。

她出门时脚步轻轻，吱呀一声把门带住。

这条街上，居民家里起夜的尿都是这样被收走的。

街门外面脚步声杂沓，这是有更多的人进城了。有人打招呼，有人咳嗽。屋顶那片玻璃瓦亮了。隔壁尤家婶家的石榴树下，公鸡打鸣，母鸡咯咯叫，还有鸟雀啾唧。

睡房里义珍起床了。她穿好衣服进厨房。九岁的义珍起床第一件事就是拉猪出后门尿尿。只听她小声说："猪，起来，去厕屎尿尿。"

<h2 align="center">四</h2>

蒙儿的亲妹妹霓子在大太阳下戴着一顶新草帽往这边走。

我坐在街门外房檐下门口边坐墩石上歇凉。

霓子走到奶妈家门口，站在栏坎上的阴凉里。

霓子大我月份。她穿着一件明显是改过的豆绿色短袖，一条藕色短裤，手里卷着几本书。

霓子说："你的手干不成啥了，你可以在家看书。"

这些书有《豌豆男》《豌豆公主》等。

我用拇指翻了翻，没有什么兴趣。

晚上我告诉蒙儿霓子给我送书的事。蒙儿第二天从豁子那里给我借来一本文集。其中几篇吸引了我，它们是《雾》《卖豆腐的哨子》《叩门》和《黄昏》……这和我过去看到的书是那么不同。我惊奇汉字竟然能如此排列组合，这样的组合给汉字增添了灵魂。如此文字给我强烈的刺激，汉字竟然可以这样美！

它们都是写内心和身边的事。《卖豆腐的哨子》，读它时，我眼前却是东门里这条老街。冬天的早晨，街上的雾没有散，从豆芽巷小十字那边，影影绰绰，过来一个担挑子卖浆水菜的老婆婆，嗓音尖尖地喊道："浆——水菜！卖浆水菜喽！叩——浆水！"

这景象多么亲近。

我真的一下子就喜欢了，欲罢不能。可惜只有这么一本，没过几天就被豁子要回去了，但却在我心中留下烙印。

我也不清楚吸引我的究竟是什么，但还没有到痴迷的程度。蒙儿也不问，并且我老是想着如何帮奶妈拉车子挣钱，注意力很快转移，那么我就是一个拉车的命了。十三岁的拉车人，将来会不会就像斜对过儿的鲍家叔呢？

"我的手你赶快好吧，让我帮奶妈出一把力。"

我的手在恢复。六根受伤的手指，四根的指甲掉了，还有两根只剩多半截了，还有少半截纤细的灯芯一样的手指骨。但是几天后，我惊奇地发现，手指骨上长出了一点点粉粉的、嫩嫩的肉芽，这肉芽裹住指骨，一天天长大，又成了手指形状。光秃秃的，指尖那儿不太规则，是两根粉粉嫩嫩的肉杵子。好神奇呀！有一天，这肉杵子前面竟然长出了一点点乳胶皮一样柔软的指甲。

这手指还能动呢！激动啊！我感叹十三岁这个年龄，生命力真强，我的手不会落下残疾了！

指肉长皮了，指甲一天天变硬，我受伤的手指不但能弯曲，也可以触摸。

虽然医生说还要包扎，防止感染，但我早已按捺不住。

我说："义能儿，昨天我捡了几块西瓜皮喂猪，猪吃呢。"

我说："新东门汽车站、大十字街口、北城门桥头、北门外电影场子门口，都有卖瓜的呢。"

我说："我要做一根铁扦，用扦子扎西瓜皮，这方便很多。"

于是我找来8号铁丝，让四平帮忙做了一根扦子。

夏天的傍晚，北门外电影场子门口最是热闹。以前只有几家卖瓜果的，现在多了，有人拉着架子车卖瓜。

除了卖瓜果、卖花生瓜子的，从北马路到北城门桥头和城壕边，还有扇扇子散步纳凉的，在大字报专栏前看消息的，青年男女玩暧昧抛媚眼的，像我一样捡西瓜皮的。

五

我终于又能拉车了。

后半夜动身。出发前我掀起草帽，探头看箕子里的月娃儿，月光下一张洁白的小圆脸。

奶妈说："像一个小沙弥吧？"

奶爸把我们送过东城门桥，一直送到北马路汽车站前面。

蒙儿在前面拉背襻。奶妈推车，顺便看着月娃儿。我在前面拉边绳。

郑家婶他们赶上来了。他们家拉车的有郑家婶、郑成儿，还有娟儿。娟儿也是拉边绳。

郑家婶体力好，郑成儿比蒙儿大一岁，个子高半头，娟儿手没受伤，他们虽然比我们多拉三十块砖，但还是跑到了我们的前头。

倪家婶家也赶上来了。倪家婶家每次都比我们少拉五十块砖。倪家拉车的有倪家婶、俭成和比我小一岁的倪家婶的亲生闺女，她叫丫头。

我们终归还带着月娃儿，奶妈推车时就不能专心致志。

几辆毛驴车嘚嘚地从我们的身边飞快地走过。拉车人手按车把，让毛驴使劲儿带着走。

蒙儿羡慕地说："他们拉四百块砖呢。"

奶妈说："关键是车胎受不住，车胎要受得住，我看他们敢拉两锭子吧。"

一锭子是二百五十块机砖，两锭子就是五百块。

我们才拉了二百六十块。

过了三官堂吸虹渠不远，就是高潮公社门口的大上坡，三十度的坡度，足足有八百米，我们每次都要在这里停下，集中三辆车的拉车人，一辆一辆地往坡上推。推郑家的车时却不见娟儿了。郑成儿在路上大声喊："娟儿！娟儿！"找不见人。往回找，黑暗中却见路边的一条干沟里，娟儿躺在那里呼呼大睡。郑成儿把娟儿拉起来。郑家婶说："太累了。"奶妈说："每天半夜起床，咋能不累呢？"

郑家婶说："不行啊，这么热的天，全凭晚上早晨和上半天拉车呢。中午和下午谁受得住！"

夜短昼长，过了高潮公社那面大上坡，不到堰河大桥天就亮了。太阳一出来就是一个大火球。我直愣愣地盯着太阳。奶妈说："进中伏了。今天的太阳又是个不饶人。"

蒙儿穿酱红色汗背心，退了色的黑短裤，汗水浸泡过的皮肤油亮，右肩胛上，肌肉被背襻磨出了茧，茧的边沿皮肤翻起，暴露在外，与汗背心护住的地方黑白分明。他脚穿草鞋，头埋下，身子探出去。正在上堰河大桥，引桥有些坡度。

我依然是一个瘦猴猴。一个月没有出来拉车，我的胳膊腿没有那么黑了。蓝色长袖褂子，袖子卷起，青色粗布短裤，光脚穿草鞋。这双草鞋是在大十字街口花一分钱买的，刚草鞋襻，稻草鞋底。穿这双新草鞋走路，脚底有一点儿弹性。我把边绳在手臂缠了两匝，让绳子勒紧肩膀上瘦骨伶仃的骨头。

蒙儿说："庭儿你莫太使劲儿。"

我说："得行。"

奶妈不到四十岁，看上去快五十岁了。身穿宽大的泛白的长袖蓝衫子，衫子上满是汗渍和褶皱；下身是黑裤子。她把袖子挽到胳膊肘以上，裤腿也卷起来，一直卷到膝弯。一双解放牌球鞋鞋底早磨平了，换过几副鞋带。她头戴草帽，脸膛黢黑，脸有点儿浮肿，额头、眼角褶皱很深。她抬手抹一把汗水，下巴沾上了红色的砖末。

六

太阳就是个大火球，强光射下来。

马路上，远处有水汽上升。

这是一段平路，但太阳好像在天空熔化，芒刺般的光，晒得人皮肤火辣辣疼。

我和蒙儿也把草帽戴上。

我们都大汗淋漓。

天空好像也要熔化了，前面的道路好像也要熔化了。奶妈说："太阳怎么这么大，天神爷！"

车把和砖，在手掌间发烫。

月娃儿在筤子里哼哼。

这正是一年当中沔河一带最热的时候。落下去的汗水，瞬间在路面上干了，像落在烧红的煎锅里，就差听见嗞的一声。身上的衣服火烧火燎。我的额头、鼻尖、下巴都挂着汗水。

路边有一排小白杨树，树叶卷起。树叶快要干了，似乎一根火柴就能点燃。路坎下田间，稻子正在灌浆。看不见管田的人。生产队没有给社员派活吧？谁都想避开这最热的几天。一眼望去，除了稻田还是稻田，一头水牛、一只鸟、一条狗也看不见，连青蛙也躲在深水里。

白杨树下有点儿树荫，多么想停一停呀！但是我们还是跨过去，往前面走了。

月娃儿终于在车子上哇哇地哭了。

奶妈的眼睛冒火，说："找一个阴凉地儿！"

前面路边有几棵老柳树，我们奋力拉过去。

奶妈下巴和胸口满是汗水。

这片树荫，只是避开太阳的直射罢了，空气依然燥热。蒙儿和我都摘下草帽不住地扇风。奶妈也顾不上擦脸上的汗水，从热气蒸腾的篼子里抱起月娃儿，把草帽垫在路坎边，一屁股坐在滚烫的地上。她撩起衣襟，把奶头混着汗水一起塞进月娃儿的嘴里。奶妈怆惶地抬起头看了天空一眼，奶妈看天空的这一眼的眼神，我一生都不会忘。这无助的眼神在我的神经上重重地撞了一下，成为一道难以抚平的创伤。

奶妈其实没有什么奶水。她无非是诓一下月娃儿，她在月娃儿吸吮着的时候将奶头换成了奶瓶，放过糖精的米汤似乎不受月娃儿的喜爱，月娃儿吸吮几口就将奶嘴吐出来。奶妈焦愁地说："娃儿，心疼一下你妈吧！"

这孩子瞪着一双有点儿发蓝的大眼睛。由于瘦，额头上白嫩的皮肤下隐隐可见淡青色的血管，他仿佛懂事地盯着他的母亲看，然后噙住奶嘴吮吸着。

蒙儿把水壶盖拧开，说："妈，你喝口水。"

奶妈抬头看一看天，说："加点儿'钢'。"

奶妈这句话是从"人是铁饭是钢"这句话来的，奶妈虽然没文化，但她很有悟性。

蒙儿拿一块锅盔递给奶妈。

我和蒙儿也都啃锅盔。

奶妈坐在地上，手拿锅盔，怀抱月娃儿，啃一口锅盔喝一口水。

我一阵心酸。

奶妈说："庭儿，风吹了你的眼睛吗？"

我说："不是。"

奶妈爬起来，站直，说："走，我们拉车。我们好好的。"

奶妈把月娃儿又放进篓子，用草帽盖住。

树荫外，路面烫人。

路上就剩下我们这一辆车了。看不见郑家婶他们，也看不见倪家婶他们。

慢上坡，这是最要命的。路长，又不能松劲儿。我们都

埋下头，把身子探出去。汗水从额头和头发梢落下。

黄泥岗子这一段路在野地里起伏，这段丘陵坡地，路边连一棵小树也没有，路上的料姜石晒得发白。

路过我出事故的地方，奶妈和蒙儿又是一阵唏嘘。

太阳明晃晃的，一只鹭鸶从稻田里飞起来，朝远处飞去。

前面就是黄沙，那是一座千年古镇，诸葛亮造木牛流马就在这里。镇子南边就是大河，沔河奔涌向前，河面变得更加宽阔了。河南面的山沟里，有一家从东北迁来的在建的国防工厂，为了建这座工厂，河上正在造一座钢筋水泥大桥。河边的芦苇滩平整出一大片，正在建施工人员居住的宿舍和堆放材料的工棚，我们拉来的机砖就交在这里。

等着我们的是公路旁河坎下的芦苇滩和沙坝，芦苇已经割了，苇根茬子像刀尖一样锋利。蒙儿曾经被苇根茬子扎透草鞋，一只脚被扎得血淋淋。那一段苇滩和沙坝路，车轮子动辄就陷在里面拉不动。不过不要紧，郑家婶和倪家婶他们一定在那儿等着帮忙呢。

这样的日子，长着呢。

写于2014年8月28日

2020年6月5日修改于浦东

黑　市

　　奶妈坐在堂屋的板凳上，似乎瘦了一圈。她手里端着一碗稀饭，稀饭上浇着一层咸盐辣椒醋水拌小葱。

　　她的额头上刻着深深的皱纹。她看一眼蒙儿，蒙儿正埋头吃饭。

　　奶妈说："下个月，我想把车胎换了，买一副新的。"

　　蒙儿脸上的皮肤粗糙，脸上的青春痘在消退。蒙儿把一口稀饭咽进肚里说："关键是外胎，内胎可以将就；我们的外胎太乏了。车轴也有点儿隆，它要在下坡时耍了麻达，那才害死人呢。"

　　奶妈说："我们成天下力，光吃稀饭肯定不行，还有路上吃的干粮呢。我琢磨着又该买黑市米了。黑市米二八价，这个月怎么也得买三十斤吧？

　　奶妈说："蒙儿，你明天在屋里把车子收拾一下。车挡响了两天了，肯定是车挡坏了，该换车挡了；挡里的珠子也许毛了，挡和珠子都该上油了。你把车圈也紧一下。该买车挡和珠子就买，钱再紧也要先尽车子。我们明天歇一天，你在屋里收拾车子，我和庭儿到马营买黑市米去。"

蒙儿说："有几根车条也不行了，还要换车条呢。"

奶妈说："你换就是。"

马营是一个渡口，渡口北岸是一片开阔的柳树林。像箭道是一个古老的地名一样，马营也是一个古老的地名。据说箭道是当年诸葛亮屯兵沔河时造箭的地方，而沔水河畔的马营，则是诸葛亮屯马养马的营地，当年这里林木延绵，芳草茂盛。

如今马营渡口只剩下一片柳树林。柳树林前面是一个村庄。柳树林紧挨北岸河堤，一条通往渡口的大路从河堤和柳树林之间穿过。渡口河堤上有一个篷寮，一个老汉在这里卖票，夏天坐船冬天过桥单程三分钱，五分钱可包来回。

南岸毛堡一带，定军山以南的坝子，浅山和深山的南山人，进城大都从马营渡口过。卖柴的、背炭的、背背篓担挑子赶集卖菜购物的、出远门走亲戚的，提笼筐进城卖旱烟叶的，卖猪鬃、绳索、草鞋、案板、擀杖、石碓窝和石手磨的，到北岸河堤上找先生问卦的、进城逛街看热闹的……当太阳在沔河下方露头时就出现在南岸渡口，从早晨一直到晌午都络绎不绝。

而从北岸去南岸的人，在上半天，大都是去千户垭拉片石的，个别当年的货郎，现在从县供销合作社给南山的供销合作分社送货。我对马营渡口熟悉全因为和奶妈、蒙儿去千户垭拉片石，在此之前，我也曾经到这里看船家摆渡，看那些造船和修船的人，在岸边给新造的船上桐油，淡淡的桐油味，混合着松木板材的清香，在岸边飘荡。

冬月里，马营渡口开始架板桥。第二年2月开春，3月份桃花汛来到之前，又把架的板桥拆走。

我早就听说马营渡口北岸的树林里有黑市，南山客在这里偷偷地卖米、卖棉花、卖菜油。市管会的人专门在码头上捉拿他们。奶妈说："千万不能让市管会的人捉住，一旦捉住收走粮食不说，还要踩了你的小笼筐或背篓，折了你的杆秤。"奶妈让我跟着她去就是为了多一双眼睛看着。

我和奶妈从厨房后门出去。奶妈提着个小笼筐，小笼筐里放着米袋子和一杆秤。我们出后门上河坎，在城壕沟汇入沔河的水潭前绕过一道闸板，从闸板下面的独木桥上走过，然后顺河堤往马营方向走。

箭道村边是一个河湾，沔河在这里迂成一片翡翠绿。远远看见渡口人来人往，不断有南山人往岸上走。

箭道河岸，河堤边有一排芦苇，芦苇中夹杂着刺槐树。

我们从箭道河堤边穿过一片菜地，从地垄小路往马营柳树林那边的大路走。

奶妈突然不走了，她让我转回去站在河堤上等。奶妈说："我先过马路那边树林子里看看，找到了卖黑市米的，我就站林子边给你招手。我给你招手你再拿秤和米袋子过来。"

这正是吃早饭的时候，我们选择的就是这个当口，市管会的人也许正在吃早饭吧，奶妈觉得现在过来的正是时候。

一些南山人坐在河堤上歇气，他们大都是背炭和背柴的。有人从路边溜进树林子。

奶妈从树林子里出来，站在路边向我招手。

我提着秤挽着小笼筐走过地垄，快步穿过马路，进了树林。

我跟着奶妈走进一片密林，一棵老树下站着个南山人。

奶妈说："你就是卖家子？"

南山人说："我就是。"

树林子里隐隐约约还有人晃动。

奶妈说："有还是没有？"

南山人说："没有我来干啥？"

奶妈说："你让我看看成色。"

南山人说："先谈价行不行？"

奶妈说："你是怕抓黑市的吧？"

南山人说："谁不害怕呢？"

于是他们在衣襟底下捏价，捏过价后南山人摇一摇头。奶妈转身就走。

奶妈说："我只给你二六价，不行我就再找别人。"

南山人说："我也是图个撇脱，二九价，行的话我就拿米。"

奶妈往林子四周瞅瞅，说："我进来时看见抓黑市的人就在码头上站着呢，你要行的话就二七价，咱们买卖完了赶快走。"

他们以二八价成交。

奶妈说："米呢？"

南山人往林子深处走。他从一片灌木丛里扯出来一个背篓，背篓里有半袋米。南山人解开米袋子。奶妈抓一把看了看，说："是陈米吧？"

南山人说："肚子都填不饱，哪来的陈粮呢？要不是家里有人急着抓药，我才不会抠牙缝卖米呢！"

南山人用自己的秤称了一遍，让奶妈看秤星子。奶妈说："我不看。"从我手中拿过秤约了一下。

奶妈说："不用倒袋子了，把我的米袋子拿去。"

南山人抖开米袋子看了看。

奶妈突然警觉起来，她把已经掏出的钱又揣进怀里，突然说："快跑！"提起杆秤拿起小笼筐就跑。我头也没回就跟着奶妈一口气跑出了树林子。我们一口气跑上河堤。奶妈喘着气，用手背抹一把汗，回头看，就看见刚才那个南山人被两个人从树林里扭了出来，还有一个人跟在后面，后面那个人手提着南山人装米的背篓。

奶妈说："骇死人了！今天交了钱这米就烂在我们手里了！"

在渡口的篷寮边，那个南山人坐在地上抱住一个抓黑市人的腿。

我蹲在河堤上，我看见篷寮那边有一个人朝我们指指点点。奶妈说："今天的黑市米买不成了，我们走。"她急慌慌地带着我往回走，生怕人赶上来。

过了箭道村我们才放松下来。奶妈说："我们拉半个月的车子才挣半袋米钱，抓黑市的人也不看我们可怜。"奶妈说："这便只有吃北瓜和洋芋的命了，南山人被抓一回肯定不敢来了，南山人卖点儿米也不容易。"

这两天又是稀饭主打。我和奶妈大清早又到马营去了两回。第三天我们什么也没拿，这次我们在码头站了一个早晨，快吃午饭时，奶妈说："走，我们回。"

我们顺大路回家，走过东城门外老街快到东城门桥了，奶妈边走边回头看，只见一个南山人不远不近地跟在我们后面。他背上背着背篓，背篓里装着一个大冬瓜，一副负重行进的样子。

进了东门里，这南山人加快了脚步，小声在后面叫："嗳！嫂子！嫂子！你停一停！"

奶妈转过身来，突然说："你是卖黑市的？"

南山人说："嫂子，小声点儿！"

奶妈说："你只管跟我走就是。"

南山人说："我落后边一点儿跟着你。"

到家奶妈就在堂屋门口等着，南山人刚到街门口，奶妈就招呼："卖冬瓜的，背进来让我看看冬瓜！"

南山人说："要得！"

南山人进屋把背篓搁下，说："嫂子，我背了这么远，三〇价。"

奶妈说："我看看再说。"

南山人把背篓里的冬瓜掏出来，原来冬瓜是空心的，冬瓜被掏空了，冬瓜里面搁了半袋米。

南山人说："嫂子，我注意你几天了，我知道你想买黑市米，不瞒你说，我这米没有掺假，就是想找一个妥帖的买主。你要信不过的话，今天就拿你的秤称。"

奶妈看米的成色不错，从门背后提出杆秤约了一下，说："我看你也是一个实心的卖家，三〇价就三〇价吧，你我都不容易。"

南山人说："你我都是造孽人。"

奶妈说："谁说不是呢。"

写于2014年8月11日

花　谢

　　贾家老妈这些天好像不太平静。这些天老见她在她家后门进进出出。她的一双小脚失去了往日走路时的那种沉稳，进门和出门都有点儿慌乱。她脸上的表情也有点儿慌乱。这让我感觉到贾家可能发生了什么大事。

　　一个中年男子连续三个傍晚都神神秘秘地从后门到贾家去。奶妈家的大人和郑家婶家的大人都假装没看见。我跟着这个男人到贾家老妈家后门上，贾家老妈史无前例地关上后门把我挡住。我从厨房的窗户破洞往里看，看见那个男人变戏法似的从袖口抽出一把桃木宝剑。他对着案板上的一碗水闭着眼睛口中念念有词，末了把手指尖在那碗水里蘸一下，向空中弹起，然后用宝剑向贾家的房屋顶顶角角指来指去，表情严肃。

　　我回家问奶妈："贾家来的那个男人是谁？"

　　奶妈说："莫问，是端公。"

　　我说："端公是谁？"

　　奶妈说："跳大神驱鬼的。"

我愣了一下，这不是迷信吗？

在这个年月，请一个端公驱鬼是一件不敢公开的事。

我说："贾家老妈家为什么驱鬼？"

奶妈说："荷花回来了，病得不轻。"

我说："我怎么没有听说呢？"

奶妈说："荷花这次得的病不好，贾家不让告诉别人。"

我说："唉，这么大的事，四平也不给我说一声。我想去看荷花呀！"

奶妈说："别去，人家正在驱鬼呢，你去了就把神仙惊了，捉不住鬼，荷花就危险了。"

我叹一口气，说："应该去看医生嘛！"

奶妈说："医生看了不少了，不见好，这才请端公。"

我惊讶这年月端公居然还存在，而且贾家还能顺顺当当地找到一个端公。

一连几个晚上端公都在贾家屋里跳来跳去，想必这个恶鬼本领高超，端公上高下低也拿不住，也不知是捉住了又让恶鬼跑掉了呢，还是始终没有捉住。管他是不是迷信，只要荷花的病好了，他这么折腾也未必不可行。但好像总没有个结果，端公给贾家老妈嘱咐了一番话后，就再也不露面了。

那么我就可以去看一下荷花了。

我说："四平，领我去看你荷花姐姐。"

四平说："我问一下老妈看得看不得。"

荷花去年春天嫁了，出嫁时十六岁。荷花出嫁那天，穿一身红绸袄，披红头巾，穿绣花红鞋子。荷花出嫁时贾家老妈给她的锦袋里装了瓷碗、大红绸被、洋布床单……样样齐备；这年月了，新郎官接亲时带来的居然还是花轿。新郎官居然还是骑着一匹马来的，头戴翻檐礼帽，肩头到腰间斜披着叠好的红绸被，加上唢呐吹得震天响，半边街的人都来看热闹，特别有喜气。

荷花上花轿时却泪水涟涟。她对她的爹娘叩过头，对四平说："莫忘了姐姐。"

其实荷花嫁得并不远，只隔了两条街。从这条街走过去，不过二十来分钟。

怎么说病就病了，而且一病不起？不在婆家看病回了娘屋，婆家的人呢？

荷花出嫁时我就站在四平旁边观望。现在我叫四平去问贾家老妈，能不能看荷花。

贾家老妈说看得。于是我和四平就往荷花住的睡房里走。

睡房里窸窸窣窣，荷花知道有人来了，在睡房里叫："平娃！"

四平说："我姐姐叫我呢。"

四平进睡房一会儿出来说："我姐姐问是谁，我说是你，她让你进去呢。"

我掀开门帘进门就看见荷花蜡黄的脸。说实话，荷花还是一个女孩子模样，还是那么娇小，没有个成年人的样子。

"我不得活了。"看见我，她说。

我怔怔地望她，荷花蜡黄的脸上有一层橘色的光，这层光有点儿凝重。她感受不到气场，目光也没有什么力量，难以到达她所期望的距离。好像在空气中被一个什么看不见的东西包裹住，这个东西在压迫着她，使她一点点地萎缩。这就是一个人快要离开人世的景象吗？但是，我觉得她的头脑很清楚。我说："你这么明白，你的病会好的。"

她苦笑了一下，说："安慰我。"

我说："真的，你什么都清清楚楚。"

她说："要死的人嘛，什么不明白呢？"

我说："你看上去跟原来一样，只不过脸色差一些。"

她说："羡慕你和平娃，还都是小苗苗呢！"

我至今不知道她得的是什么病。贾家老妈端着一碗中药进来，从床上把她扶起来喝汤药。

贾家老妈说："求过神了，会好起来的。"

喝完药，荷花躺倒在床上。她的眼睛盯着四平和我看，像一棵衰草，看我和四平蓬蓬勃勃地站在她面前。

她累了，疲乏地闭上眼睛。

我回去对奶妈说："我看荷花没有那么严重，她头脑清楚得很。"

这天晚上义能儿叫我，说："哥哥，你过来看。"

我和他蹑手蹑脚走到贾家厨房窗户外边。从窗户望去，厨房里的景象一清二楚。只见贾家老妈虔诚地来到厨房里，把油灯从灶头端到案板上，照亮她面前案板上一个土巴碗里的清水。贾家老妈在这碗水里面立了四根筷子，她一手扶住筷子，另一只手从旁边的一个瓷盆里撩水轻轻地往筷子上淋。

义能儿说："妈说只要把筷子在水里面立起来，荷花就有救了。"

我和义能儿目不转睛地盯着那四根筷子。

我看见贾家老妈真的把那四根筷子立起来了，而且立得很稳。贾家老妈的嘴角终于挂上了一丝笑意，转身匆匆往前头屋里走。

第二天我问四平："你姐姐好点儿了吗？"

四平说："没有。"

这天天刚黑，后院就传来低沉而苍老的声音。这个声音尾声很长，这是在呼唤。我听出来是贾家老妈的声音。

我说："这是在干啥呢？"

奶妈说："是贾家老妈，她在为荷花叫魂。"

我说："干吗叫魂，荷花不行了吗？"

奶妈说："不一定，只要魂不走。"

我又和义能儿去贾家的厨房外边从窗户往里看。我看见贾家老妈站在案板跟前，她的手掌心里搁了一个鸡蛋。贾家老妈虔诚地双眼盯紧了这个鸡蛋，拖长了嗓音轻轻地叫："荷花哎——回来！荷花哎——回来！"这声音是那么苍凉，又是那么无奈和无助。

我说："她干吗要拿个鸡蛋呢？"

义能儿说："我回去问问。"

一会儿义能儿过来说："妈说，如果能把这个鸡蛋叫得让它在手掌心里站立起来，荷花就能脱离危险。"

我说："这怎么可能呢！"

我回去对奶妈说："荷花是不是没治了？应该送医院呀！"

奶妈说："医院没办法，他们才找的端公。"

这天晚上，我的耳边一直是贾家老妈无助的声音："荷花哎——回来！荷花哎——回来！"我听见她呼唤的声音越来越快，不断地加快频率。我能感觉得到，贾家老妈叫着叫着，眼里突然就涌出了泪水。

真的希望那个鸡蛋站起来啊！但这是永远也不可能的。

义能儿突然跑来说："那个鸡蛋站起来了。"

我说："是你的眼睛看花了吧？"

第三天，后院坝静悄悄的，什么声音也没有了。奶妈说："荷花走了。"

一朵花就这么凋谢了！贾家没有声张，他们不愿意邻里提说这件事情。我甚至不知道荷花的后事是怎么处理的，是由娘家安埋还是由婆家安埋？安埋在哪里？

掐指算来，荷花刚过十七岁。

写于2014年9月3日

草 庐 问 医

奶妈的邻居梁半贤是个瘸子，自从有一次他的女儿金枝踢了我的笼筐，梁半贤在奶妈家门口和奶妈家人吵过架后，见面都不招嘴。

不过，这一段时间，梁半贤一连几天都出现在街上，从奶妈家门口走过。这天，他突然招呼奶妈："蒙儿他妈你吃了吧？"

奶妈被吓了一大跳，说："你招呼谁呢？"

梁半贤把他的腿搁稳："我招呼你呀！蒙儿他妈，怎么，我招呼不得？"

奶妈说："谁说招呼不得？"

梁半贤说："就是嘛！"

奶妈说："我还当你再不和我们招嘴了呢！"

奶妈不想再和梁半贤多说，摆出一副要进自家堂屋的样子。

梁半贤说："蒙儿他妈——"

奶妈说："你今天有什么事？"

梁半贤突然把头凑到奶妈耳朵跟前，压低声音说："我早就发现你们家住了一个人。"

奶妈警觉地望了梁半贤一眼。这本来不是什么秘密，街坊邻居差不多都知道，但梁半贤的心思这么重，这确实是奶妈意料之外的事。

奶妈也压低声音说："金枝她爸，说这话是什么意思？"

梁半贤说："没啥。听说是来看病的。病好了没有？"

奶妈说："关你啥事？"

梁半贤说："我想给他介绍一个大夫，这是一个高手，就是怕你们不放心。"

奶妈用狐疑的眼光看着梁半贤。

梁半贤说："看看，看看，不放心了吧？"

奶妈说："先说到这里。"

梁半贤说："那好。"说完使劲儿甩着腿往前头走了。

我一直站在离奶妈不远的地方，他们说的话我听得清清楚楚。

奶妈对我说："你都听到了吧？"

我说："听到了。"

奶妈说："莫急，等我们有空了商量一下。"

梁半贤这几天都在奶妈家街门前转悠，奶妈这天走过去悄悄说："得行。"

梁半贤说："不行，我得见他本人。我得当面说清楚，这事情不可马虎。"

奶妈说："那好，我进去问问。"

一会儿奶妈出来说："你进来吧。"奶妈掀起了街面的竹门帘子。

父亲已在堂屋床前的一个高凳子上坐下。梁半贤进来招呼父亲，站门口并不落座。梁半贤说："我坐凳子不方便，我就站着说话。"

父亲说："不用客气。"

奶妈不知什么时候把奶爸也叫回来了，现在堂屋里总共有五个人。

梁半贤不慌不忙地说："我已听蒙儿他妈说过你的病了，我想给你推荐一个医生。这是一个民间的大夫，他的医术高超得很，但是从来不公开行医。"

父亲说："没关系，只要能治病就行。"

梁半贤说："就怕你不放心。这个人的身份有点儿特殊。"

父亲说："有什么特殊的？"

梁半贤说："他家的成分是地主。"

梁半贤说完盯住父亲的眼睛看，我还从来没见过有人这样紧张地察看一个人的表情。

梁半贤说："不过是开明地主。"

父亲想了一下，说："地主不地主的，看病不碍事。"

梁半贤说："有你这句话我就放心了。我得先和他约一下，然后再来约你。"

父亲说："可以。"

梁半贤好像办完了一件重大的事，长长地出了一口气。

梁半贤走了。奶妈说："这个人的心眼真多！不就是看个病嘛！"

奶爸说："既然他有这么多心眼，那我们也要当心点儿。"

奶妈说："跟这样的人打交道，不可大意。"

梁半贤当天又来了一趟，当着我们大家的面对我父亲说："这个大夫不愿意让人知道他在外面给人看病，他说要请病人亲自登门。"

父亲还没有开口，奶妈就打断他说："这恐怕不妥。"

梁半贤有点儿得意："怎么？害怕是不是？"

父亲说："这有什么，找大夫看病嘛，登门是正常的事。这么办，你具体约个时间吧。"

梁半贤说："那好，我已经和他约好了，如果你同意上门看病，那就是明天上午。你们得再去一个人跟着，我过来给你们带路。"

父亲说："可以，在什么地方呢？"

"在箭道村。"

父亲眼睛里亮光一闪，说："得行。"

梁半贤说："我明天在前面走，我走了一段后你们再出门，你们得和我拉开一点儿距离，我不想让人看见我带你们去治病。你们看我往哪走你们也往哪走就行。"

奶妈说:"我看得行。"

这天晚上奶妈对我说:"我们明天不去拉车了,你陪你爸爸去看病。"

奶爸说:"这个人真是的,不就是看个病嘛,怎么搞得神神秘秘的。"

父亲说:"这也正常,现在谁敢跟地主打交道呢?"

第二天上午梁半贤来了。他换了一身服装,穿上了他好多年没穿的藕色纺绸。他没有进门,在门口和奶妈嘀咕几句就自个儿往前走了,走过万婶婶家门口时他站住回了回头。

奶妈对我说:"庭儿,你跟你爸爸去,跟你爸爸跟紧一点儿,别离他远了。你走在路上当心点儿,前头后头长个眼睛。"

我怎么觉得奶妈家的人每次和梁半贤打交道都有点儿紧张。这人太善于算计,也许他没有什么坏心思,但他的做法,总叫人对他不太放心。

奶妈说:"有不认识的人过来,别让靠你们太近。"

奶妈这么一说,搞得我也有点儿紧张。我的手指刚刚长好,我不由得攥了攥我的小拳头。

我跟着父亲出门,走在父亲的身边。这是父亲这次回到沔河住到奶妈家里两个月以来,第一次走上这条街的街面。我看见街坊邻居都在向我们探头。万婶婶老远打招呼:"庭儿爸爸，出门呀？”

父亲点了点头说：“他万婶婶。”

梁半贤已经到东城门桥头了，他又在回头。

东门外老街，父亲很多年没有来了吧？铁匠铺里依然是叮当一片，快到箭道村口的那段路上，铁匠铺最为密集。我看见梁半贤在前面停下来，向一个健壮的铁匠借火点烟。梁半贤远远地拿眼睛示意我们，那铁匠点了点头。

我和父亲稍微拉开一点儿距离。我肌肉绷紧，攥紧拳头，如果父亲有什么不测，我会像豹子一样扑上去。其实什么事情都不会有，我和父亲从那个铁匠铺门口走过时，那个铁匠冲我们善意地点点头。

我们没有进箭道村，而是顺着箭道村外靠沔河这边的大路走，梁半贤在村外一条小路的路口站住了。

“就是这里。”梁半贤等我和父亲走过来，努着嘴指指小路前面。

小路前面是一片树荫，一排篱笆墙上开着蔷薇花，外面立着几棵向日葵。

小路尽头是一个干净的场院，院子西北角盛开着一丛月季花，鲜红的月季花火一样撩人。现在侍弄花草的人已经很难看见了，这丛月季花显然有人精心照顾。

这个院子里都是草房，房顶呈灰黄色。三间正房陷进去，和两头的厢房呈马蹄形交接。外墙看上去都是泥墙，实际上却是竹笆墙。室内的竹笆墙没有经过泥糠粉饰，墙柱和房梁都是碗口那么粗的竹子。堂屋里简陋到只有一张高脚方桌和两条高脚条凳。屋里和屋外一尘不染，也并非像刚刚打扫过。

一个五十岁开外的男子在堂屋门口迎接我们。他穿一身宽大的灰色手缝制的便装，脚穿布鞋。他戴着这年月已经绝迹的黑色瓜皮帽，而且在这个季节戴帽子已不合时令。他白净面皮，圆脸，脸上有细细的皱纹，淡眉毛，油亮的眼睛，下巴颏有几根稀稀的黑白相间的细胡子。

总而言之是一副儒雅相，不像个农村人，倒像个居士。

走进这茅屋就感觉到凉意。陕南的茅屋冬暖夏凉，这屋子头顶宽敞，隔墙的顶部四面透气，暑气在门里面化解了，一门之隔，凉热两个世界。

这男子也不多言语。一个老婆婆进堂屋里来斟茶，四杯香茶，白色细瓷带耳茶杯看上去很精致。

我们没有人动茶。

男子说："请坐。"

男子和父亲在方桌左右两边坐定。父亲伸出蜡黄的胳膊和蜡黄的手。男子伸出短而白净的手指给父亲把脉。他的眼睛望着堂屋的地面，把完一只再把另一只。如此两次。

父亲说："咋样？"

男子说："我看看舌苔。"末了说，"不要紧。我给你开一个药方吧。"

男子去父亲背后的一间屋里拿出笔墨纸砚，说："我好久没给人开过药方了，我得看一看。"

男子说："你的孩子识字吗？不妨让他也跟着我看一看。"

父亲看我一眼，说："去吧。"

还是父亲身后的那间屋子。我跟进去，吓了一大跳：这屋子里全部是书！

这屋子靠四面的竹笆墙边全立着竹子做的书架，书架上全是老旧的线装书。我看了一下，大部分是医书药典。男子抽出一本《本草纲目》，又抽出一本《新修本草》，细心地一页页翻。他每用一味药都要让我看一下书中的文字和图案。我什么都不懂，但我懂得他是怕父亲和我对他用药不放心。

不过十来味药，我一味也没有记住。不过药引子却记得真切。

男子一再叮嘱："用浮麦做药引子。药熬好了，快要滗药的时候再放进去。"

父亲问："啥是浮麦呢？"

"就是没长好带壳的瘪麦子。"

男子等药方上的墨迹晾干，说："我给你开的这个药方，你先煎了服药试试。"他递药方时宽大的袖口有点儿飘逸。

父亲把药方子叠好放进上衣口袋。

父亲掏诊费给他。他说："不用。"

男子送我们出来。梁半贤说："你们先走，我在后边等等。"

出了小路我才发现前面就是箭道河湾，四平家的自留地就在这河坎边。我们去千户垭拉片石天天从这里路过，这一片绿荫后面的这一院茅屋，我以前怎么从来没注意到呢？

回到东门里奶妈家，奶妈悬着的一颗心才放下来，她说："你去给你爸爸抓药，就去解放路倪家药铺。"

这时候就见梁半贤从街门口走过。梁半贤在街门口把脚点了几下，一副想站住又不想站住的意思，接着往前走了。

药不贵。一服药一角六分钱。三服药绑在一起。

我在四平家找浮麦。贾家老妈把我带进她的睡房，从装鸡蛋的陶罐里抓出来两把。

居然一服药就见效了。三服药喝完又抓了三服，父亲的胃口开了，他不再不停地呕酸水，能吃饭了，说话也有了力气。父亲的气色渐渐转好，说话声音渐渐洪亮。父亲说："这个大夫不简单。"

父亲的心情也好多了，有时候还逗小孩子，大家都听得见他的笑声。

一天拉车回来，我看见奶爸正在打扫堂屋。奶爸说："你爸爸回汉中了。"父亲走得很突然。至少我不知道父亲要走这件事。

　　奶爸说我的母亲来了，父亲和母亲一起走了。父亲说走就走，没有任何耽搁。

　　父亲走时没有给我留下任何话，也没说汉中那边有什么消息。

　　　　　　　　　　　　　　写于2014年9月11日
　　　　　　　　　　　2020年8月30日修改于浦东

万婶婶

东头下街，过三家街门，是万婶婶家。她个子不高，身材匀称，圆脸，皮肤白净，眼睛大而明亮。她性格开朗，声音响亮，在街面上说话高声大气。

她是汉中人。在沔河一带，也许是以上下游区分，习惯把沔河下游的汉中叫"下头"。"下头府里来的""下头汉中府来的"是一个意思。我的母亲是汉中人，这街上的汉中人却只有万婶婶一个，都是"下头"人。母亲每次来，必定要到万婶婶家坐一坐。

母亲如果从东头城门桥过来，必定先经过万婶婶家门口。万婶婶老远就在街面上高声招呼："庭儿他妈！"这是在招呼我的母亲。但她知道我把我的奶妈也叫妈。于是她喊得更加响亮："庭儿他妈！庭儿他妈来了！"这是在对我的奶妈说：庭儿的母亲来了。

于是母亲回她的招呼："他万婶婶！"

母亲和万婶婶都含着笑。这笑里的内容是：我们都是"下头"人啦！要是夸张一点儿，她俩就走近互相拉拉手。

我成人后，万婶婶常对我说："你小时候摔碎了我多少碟子！"

这我知道，万婶婶家早先是开茶铺的。我印象中，她家隔壁过道那边半间街面房，曾摆过喝茶用的矮桌矮凳。

万婶婶家斜对过儿另有一家大茶馆。奶爸曾在那里喝茶听书。我也曾站在门外，看说书的人和喝茶兼听书的人。我既不喝茶，也未必听说书，就是感受茶馆的气氛。

万婶婶自己的茶铺很小，在我能记事时，早已不再经营，但她家还有许多盖碗茶杯、茶托盘和青花碟子。

万婶婶念念不忘我摔碎了她家碟子，我却没有丝毫印象。我印象中，她总是喜欢端一把竹靠椅，面前放一杯盖碗茶，安闲地坐在自家街面堂屋门口。

那时的万婶婶年轻、干净、利落。她家屋子也收拾得干干净净，墙上换过几次画，有《嫦娥奔月》，有《花开富贵》。

四岁那年，奶妈带我去了一次汉中，同去的有隔壁郑家婶，斜对过儿倪家婶，再就是万婶婶和她家隔壁瞎卵的妈。五个女人各带一个小孩子。

那是暮春，奶妈和万婶婶都穿青色碎花长袖白布衫，五个女人都穿着整齐。女人们很兴奋，往东城门桥走时，都高声说："我们下汉中府呀！"

女人们到汉中不过是看看钟鼓楼，看看后街，看看饮马池，看看后街上汉中屈指可数的三层高百货大楼。女人们带着小孩子在楼梯上上下下，很是兴奋。郑家婶先带着娟儿离开。娟儿是郑家婶婶的孩子，她的亲生父母刚刚搬到汉中，郑家婶带娟儿去看望。万婶婶是汉中人，到了汉中，那就是回到娘家了。万婶婶热情地指引大家，到哪里去从哪儿走，末了说，要去看她的姐妹。从后街到文化街，进一个两进两出的大院子，万婶婶来到后院，上一座假山后面的楼阁。奶妈、倪家婶、瞎卵妈带着我们几个小孩子在下面等。一棵梨树开着花，开花的还有一棵杏树，赏着花，万婶婶就下来了，扫兴地说没有找见人。这一次下汉中不过如此，但女人们很高兴，回到街上见人就说："我们下汉中府了！"

万婶婶家后面是个大院子，这大院四五户人家公用。去她家后院，从堂屋穿过睡房边过道出厨房后门就行，但万婶婶家隔壁有一条过道从街面直接通后院，后院的人上街都从这条过道走。后院西南角敞开，一道坎下面是菜园子，菜园子那边就是沔河。

这后院有一棵桑树，有碗口那么粗，有一棵杏树和我同龄。万婶婶说："明年，明年挂果了，你过来吃杏。"但这棵树好像从来都没有挂过果。这是一棵不结果子的树，在摘杏的季节，我专门看过。

她家后门口有一丛指甲花，花开得很艳丽。5月的黄昏，她坐在后门口用蒜锤捣花泥，她女儿唤弟当时五岁，站在旁边，她在给唤弟染指甲。我从院中过，万婶婶招呼："来，给你也染一个。"我虽然和唤弟同岁，但我是男子汉，怎么能像婆娘家一样打扮呢？但万婶婶不管三七二十一，把我扯过去，用花泥在我的眉心点了一个红印。万婶婶说："漂亮得很！"

我不知道万婶婶为什么有两个男人。两个男人我都见过，他们都对万婶婶好，对我也分外客气。一个男人姓苟，面黑而壮实，据说是个铁匠；一个男人姓侯，性格温和，看上去精明。两个男人轮换着到万婶婶这里来，双方见面并不尴尬。

万婶婶曾经有个儿子叫狗儿，是她和姓苟的男人生的。狗儿早已丢了，不知生死。这狗儿我已没有太深印象，只知道他比蒙儿大一岁。我怎么也想不起狗儿的面貌，只记得在一起捉迷藏时，黑暗中他一会儿钻进小巷，一会儿钻进园子地。他比大家都机灵，玩得很疯。

那个夜晚我记得清清楚楚，月亮很亮，照在万婶婶家斜对门鲍家墙上。在鲍家门口我还看到狗儿，狗儿玩疯了，万婶婶叫他，狗儿不应。我记得狗儿就是黑影一闪，藏在街对面房与房的缝隙里。不知道侯爸是怎么捉住狗儿的，总之，侯爸打狗儿的时候，狗儿已被绑在后院的桑树上。侯爸用鞭子打狗儿，我听到狗儿大声号叫。我和蒙儿去后院看，万婶婶拦挡侯爸，拦不住。有人说侯爸经常这样打狗儿，但我看到狗儿挨打只有这一次。侯爸下手狠，打累了扔下皮鞭走了，狗儿还在树上绑着。

第二天狗儿丢了。人们到街面和河坝去找，不见狗儿的人影；去亲戚家问，也不见。三天过去了，万婶婶像霜打了一样，见人就说："就算他跳河了，也该有个尸首呀！"

冬去春来，一年过去，一直没有狗儿的下落。

自从丢了狗儿，万婶婶低落了两年，说话不再像过去那样响亮，常常一个人闷坐。没人敢在她面前提狗儿，倒是她自己，有时突然冒一句："也不知我家狗儿是死是活……"

三五年过去，万婶婶似乎渐渐忘记了狗儿，街面上又听见她高声大气地说话。

之前，正月初二、初三，差不多都是我回沐河看望奶妈的日子，从东城门桥上过来，站在桥头就能看见奶妈家。往往在快吃早饭的时候，奶妈已站在街门口，向东城门桥头张望，这时，像她一样向东城门桥头张望的还有一个人，那就是万婶婶。不等我走近万婶婶家门口，就听她高声喊："庭儿他妈，庭儿回来看你来了！"这几乎成了一种仪式。

十二岁的那年，我又回沐河奶妈家。将近有两年时间，我和蒙儿帮奶妈拉架子车，下苦力谋生。

日子过得艰难。我们每天天不亮出车，丢在家中的是几个不到九岁的孩子，下厨房做饭，下河洗衣，去城壕沟放鸭子……都是孩子的事。万婶婶差不多天天去奶妈家，倒不是帮忙干什么，而是提醒做饭生火要小心，下河洗衣要当心，米不可多下要掌握量，饭不可烧焦要掌握火候……帮奶妈操一份心。

她的眼睛依然明亮，穿戴依然干净。年轻时喜欢盘头，现在脑后绾个发髻，一条黑色的丝带从额头绷到脑后，丝带上，眉心中央，镶一块方玉。

上街卢家有一个瞎子叫瑞儿，是个年轻人。这瑞儿比蒙儿大两岁，人很聪明。我和蒙儿曾去他家玩。他独住一间小屋，眼睛虽然看不见，但他每天都把屋子擦得窗明几净，让人进去很舒心。他会吹笛子，会拉二胡、板胡，会讲古今故事，听过的事他能过耳不忘，而且常常语出惊人，发表独到的见解。更绝的是他出门走路根本不用棍子探路，一条路，只要有人领他走一回，下一回他便可自己走。他准确地计算脚下的路，在哪里拐弯，在哪里上坡下坡、上下台阶，从来不出错。这么能干自立的青年先天性失明，让人惋惜。

每次瑞儿走在街上，我都盯着他看，看他会不会在哪里出错。他突然停下，招呼蒙儿，果然这正是奶妈家门口。他面带谦逊自信的微笑，突然又停下招呼万婶婶，这正是万婶婶家。他说："是唤弟吗？"唤弟正坐在门口。我有时不相信他是瞎子，和他说话时盯着他看，我看见他连眼珠也没有，眼睛里是两个白丁。

一晃，二十多年过去了。

有一年正月我回奶妈家，在家中坐了片刻，我说去看看万婶婶。她依然坐在门里靠椅上，守着个火炉子，似乎在打盹。我招呼她。她抬起头——脸黄了，有点儿浮肿，眼睛小了，眼圈有点儿红，噙着泪水，头发也花白了。

不过，看见我她依然欢喜，说："来，坐下烤火。"

过后我问奶妈："万婶婶咋了？"

"年龄大了呗。"

看我探究竟，奶妈于是说："唉，找到狗儿了。狗儿回来了，伤了心。"

"找到狗儿了？"我很惊讶，"什么时候？怎么找到的？"

原来这狗儿半年前突然回来了。狗儿回来前先写了一封信。狗儿回来时已是三十好几的人了，带着媳妇和一个男孩子。说起当年，狗儿挨打的当夜就跑了，他在马路边扒上了一辆卡车，在阳平关，狗儿又扒上了一列火车，离家两天后，又饿又乏的狗儿在铁路边被一个扳道工领走。这扳道工夫妇没有孩子，狗儿被他们收留、养大，送去读书，末了结婚生子。有了孩子，父、子、孙关系完全确立了，这才让他回老家看自己的母亲。

我说："这是好事啊！"

"好事？还不如不回来呢。"

是，狗儿有了下落本是一件好事，但这扳道工对狗儿有恩，万婶婶知道儿子虽然安在，但彻彻底底不是自己的儿子了。狗儿回来她激动得不得了，狗儿离开又让她万分伤心。她从此常常落泪，一双眼睛哭得不像样子。

我不知道该如何安慰万婶婶，再去她家，我不提狗儿，只是陪她坐一坐。

万婶婶家后院已经破败，奶妈的一个女儿出嫁后租房住在这里。这是一个一贫如洗的家，一张床、一个灶台、一对水桶、一个黄板纸箱，就是全部。这个家已经有了两个小孩子，奶妈的女儿常常为生活唉声叹气。

万婶婶拄着拐棍陪我去看她。万婶婶带几分刚强地仰头说："愁啥哩，每月钱来了，先买粮、煤，剩下的钱买盐，其他的有了钱再说。"

这个老人替别人宽心时又找回了自信。

一晃又是几年过去，万婶婶的两个老伴相继去世，我又去看万婶婶。万婶婶身体大不如前了，坐在竹靠椅上佝偻着背，脑袋垂在胸前。我叫她，她抬起头来——她失明了！

"是你，你还来看我？我是青光眼，没治。"她睁着一双失明的眼，循声音往我的脸上瞅。

和奶妈说到万婶婶，我说："眼睛怎么瞎了？"

"青光眼。"

"那也不至于。"

"人衰了。"

"不至于这么快呀！"

"老了。加上唤弟的事，也让她伤了心。"

"唤弟——怎么了？"

万婶婶一子一女，狗儿丢了后，唤弟是她的慰藉。

原来唤弟成人后一直没找到一个如意的人，唤弟自己做主把自己嫁给了瑞儿。万婶婶没能拦挡住。

"瑞儿呀？"初次听见这消息，我还是惊讶，尽管我对这个当年的失明青年印象不错。

"唤弟说瑞儿心好，谁劝都劝不住……"

"唤弟结婚后在外面安了家……"

"万婶婶说不认唤弟了，可她自己那么孤单……"

知道这些后，在万婶婶面前我连唤弟也不能提了。狗儿不能提，唤弟也不能提。儿女是老人的希望，都不能提，这就灭了她的念想。

在老人面前坐得久了，有点儿沉闷。每次都是这样，每当我觉得沉闷时便去看沔河。童年和少年时的沔河，永远是生机勃勃。我喜欢沔河清清的水、河对面的远山，我甚至喜欢河滩的卵石，什么时候看上去都很亲切。我在沔河呼吸新鲜的空气，奋力将浊气吐出。

之后的两年，我又去看过万婶婶。直到她去世后我还去她家看过，门锁了，门板斜着，屋子里昏暗，什么也瞅不见。

不过我后来在街上看到过唤弟，也看到过瑞儿，我知道瑞儿学了推拿，成了一名小有名气的中医师。我甚至看见瑞儿一个人在大街上走，那时候街上汽车少，下班后的瑞儿戴一副墨镜，慢慢地走着，像一个正常人在散步。

沔河现在被改造，那些老人已经故去，老街正在拆除。人们改造沔河，想把它打扮得年轻，但那条老街的淳朴却被丢了。老街上那些善良的人，像这沔河河滩的卵石，看上去和别的河滩的卵石没有区别，谁能辨认它们呢?

写于2014年1月15日

一颗纽扣

我当年结婚，没举办婚礼，也没有请宾客，大有点儿新思想的意思。我认为举办婚礼和宴请宾客那是俗套。不过旅行回来，我还是对妻子说："谁都可以不去看，奶妈那里是一定要去看的。"

我出生后刚出月就奶在奶妈家了，一直到四岁多才回到自己家。我当时最先认了奶妈，随蒙儿把奶妈叫妈，没改过口。九岁那年离开沔河到汉中，十二岁时又回到沔河，和奶妈一起拉架子车度日，一直拉到十四岁。

奶爸大奶妈近二十岁，靠三十二元工资养七口之家。我去了，变成八口人。那时候如果没有那一辆架子车，日子真的没有办法过。

奶妈生她的第二个儿子时是夏天，大热天，她还挺着个大肚子拉车。分娩那天，奶妈实在顶不住了，坐在滚烫的水泥地上直喘气，回到家，当晚就生下了那个小弟弟。

后来蒙儿下乡插队了，复课后我回到汉中自己父母亲身边，奶妈一个人没办法再拉架子车了。恰在这时奶爸退休了，一个月拿二十二元钱的退休工资。这日子怎么过？奶妈亲生的五个孩子当时一个也没有长大。

奶妈年轻时纺线织粗布卖，卖醪糟、卖粉皮，市场管住了就下河筛沙子、砸石头。拉架子车是奶妈的黄金岁月，那时候奶妈有力气，又有蒙儿和我当帮手。不能拉车了，奶妈到医院当护工，在定军山的采石场和男人们一起上山扶钢钎、甩大锤、抬石头。这几年奶妈进山了，在张家河深山里和山民一起修公路。腊月里大雪天，奶妈还在深山里修路，这一切都是为了生活！

大年初二，奶妈惦着我每年这一天必定要回来看看，冒着大雪深一脚浅一脚走近五十公里山路，裹着围巾顶着风霜赶回家。奶妈在风雪中推开家门，脸都冻青了，但看见我，还是绽出温暖的笑。

这一切，我都给妻子说过。所以当我说"谁都可以不去看，奶妈那里是一定要去看的"时，妻子说："听你的。"

我们带了礼品。怕在汽车上把礼品颠坏了，虽然只有五十公里路，还是决定坐火车。慢车，绿皮车，上车时有点儿挤，下车时也有点儿挤。我提着东西一使劲儿就从车上挤下来了。

我那天穿着深蓝色中山装、深蓝色西裤，三接头皮鞋。妻子穿得大方而简洁。我没注意下车时把一颗纽扣给挤掉了。从领口往下数第四颗纽扣。

奶爸和他的大女儿义珍、二女儿义蓉在家。奶爸坐在堂屋里的矮凳子上，看见我和妻子提着东西进门，兴奋得手足无措。说："义蓉，赶快叫你妈去。"那阵子奶妈在医院里当护工。义蓉说："哥哥姐姐你们先坐。"然后就出门了。

义珍早已下厨房了，一转眼端来两碗醪糟鸡蛋。

我像往常一样自如，招呼奶爸。我丝毫没有觉得不对劲儿，那么多亲朋好友，我第一个带妻子来看奶妈、奶爸。但义珍却把脸板得平平的。义珍过去不是这样。义珍小我几岁，从来见面都是亲亲热热叫我哥哥。义珍这天把脸板得平平的，说："妈听人说你要结婚了，去年就做好了大红的绸被子。"我想：奶妈肯定要这样做的。义珍说："妈估摸着你快要结婚了，从去年就开始加班攒假，准备着参加你的婚礼呢。"我觉得哪里有点儿不对了。义珍说："妈就等着你来请她，想喝你一杯喜酒呢。"我一下就呆住了，头发直立起来，突然觉得自己干了一件错事。我浑身冒汗。

看着我发愣，奶爸不自在起来，说："咦，你的衣裳怎么掉了一颗纽子呢？义珍，快到麻篮里给你哥哥找颗纽子钉上。"

义珍立马拿过麻篮，在里面翻来找去。没有一颗是合适的。

我什么也说不出来，耳边响着那句话："妈就等着喝你一杯喜酒呢。"

我想：奶妈一定想参加我的婚礼，我没有请奶妈，她好没面子！

我想着眼睛就红了。

义珍说："爸爸，没有合适的，我上街买去。"

奶爸突然一低头，把自己的前襟子扯起来，和我的衣服比了比：奶爸衣服上的纽扣和我的一模一样！奶爸呵呵地笑了："哈，一样。"一使劲儿，就把自己衣服上的一颗纽扣硬揪下来了，高兴地说："义珍，快给你哥哥钉上。"

我一下不能自已，妻子也大为感动。

奶爸惶恐得不得了，说："别难过。我们都知道你记着我们呢。"

我后悔自己没有办一场俗套的婚礼。

此时奶妈进来了，奶妈一如既往地高兴。奶妈进睡房把一床大红绸子被抱出来，说："妈知道你记着我们呢。"

好红好厚的绸子面被子啊！是金色的龙凤绣花。

我于是把身上的中山装脱下来，一边看奶妈一针一线地给我钉扣子，一边盯着奶爸衣服前襟子的那一个洞。

写于2018年5月29日

端 午 雨

义能儿说："哥哥，你和义夏坐义华他们的车。"义华的老公彪子把车门拉开。义夏扶我一把，说："哥哥，你坐前面。"义夏和义华在后排落座。

我有六年没有见义夏了，上次见他，还是奶妈去世的时候。

前前后后几辆车，开车的都是奶妈家和蒙儿亲妈家的儿子辈和孙子辈。

汽车从县城穿过。我说："居然堵车了。"

北马路后来定名为和平路，原来在县城的最北边，现在成了一条城中路了。从那里过来，彪子把车拐向诸葛广场。彪子说："买一条烟。"车子在一溜商铺前停下。义华从后头下车，彪子说："买中华的。"义华连跑了两家商铺，都说没有。彪子把车往前面又开了一截，下车和义华一起去找。车上就留下我和义夏。义夏伤感地说："大哥就这么走了。"我想：原来我和奶妈、蒙儿三个人拉一辆架子车，现在两个都走了。于是我也伤感地说："哥哥走得有点儿早了，他一辈子苦命。"义夏说："那些年他不该到新疆打工。"我说："他待的尽是沙漠，那地方的水碱重，戈壁滩水坑边的碱白花花的，吃那样的水迟早得病。"

彪子和义华从商铺出来，义华手里拿着一条芙蓉王，彪子说："没有中华烟。"

我说："芙蓉王也可以。"

彪子说："待客呢。"

车子开向沔河湾。这是一个新叫法，其实就是开向过去的老东门。现在劳动街拆得已经不像样子了，东门口城壕桥二十年前就埋在道路下面了，那座石桥修于明万历年间。那些年，我和奶妈、蒙儿每天天不亮起来，拉一车砖经过这石桥出城，送到十五公里外的黄沙镇去。我想起奶妈那年刚出月子，三伏天，为了避开中午的大太阳，我们三人半夜就起来收拾车子，把义夏放在一个铺着干稻草的牛草筢子里，固定在装满砖的架子车上。

我说："义夏，妈生你的那天还在拉车子，挺一个大肚子。我不懂，那天蒙儿哥哥腿受伤还没有好利索，就我和妈两个人拉车。"

义夏愣了一下。这是义夏第一次听说这事。

我想：这事我得说一下。奶妈走了，蒙儿也走了，我不说，义夏不知道。我记起奶妈在世时，看见几个活蹦乱跳的孙子和外孙女玩得正开心，义夏那次刚好从榆林打工回来，开心地说："我小时候也这么享福吗？"奶妈说："当然，你的福大得很。"我当时看了义夏一眼，没有吭声。

我说："我那时十二岁，不懂。我和妈把车子拉到北马路国营食堂门口，大热天，妈一屁股坐在水泥地上，叫人去找蒙儿哥哥过来拉车，妈回到家，当天就把你生了。"

义夏看着我，嘴唇嚅动着。

"妈坐月子，我和蒙儿就去定军山采石场拉片石。"

这时车子正开上沔河湾大桥。

义华说："这座斜拉桥是蒙儿哥哥监理修的。"

我说："是呀，是呀。我和哥哥从小在这里玩，这里原来就是城壕沟流进沔河的沟口，有一个锅底形的大坑，岸边大片树林，全长的是榆树。当时也没想到这里会架一座大桥呀。"

我说："有一次我和哥哥拉片石回来，车胎在山下爆了，我俩被困在河对岸，半夜里在河对岸叫船，船家子听不见。"

义夏说："撑船的是谭家，是谭家父子。"

我想：不知道是不是谭家，那时候你还没长大呢。

我说："你还没满月，妈又和我们往黄沙镇拉砖了，在车上把后面的砖立起来一排，把牛草篑子卡住，再用绳子绑紧，牛草篑子里放的干稻草，稻草上铺一个小褥子，你就睡在篑子里，用小被子盖住。三伏天，半夜里在车上往黄沙镇摇着走。"

我想起夏夜的星光，想起到黄沙镇时升起来的大太阳。

"冬天也一样，天不亮起来，在牛草篼子里把你捂严实。"

我想起义夏半岁时，把奶水缺了，脸色发青。

"妈把奶缺了，奶瓶里装的米汤，米汤里放一颗糖精……"

义夏哽咽着说："哥哥你不说，我不知道我的命。"

车子离定军山近了，我看见那片采石场，像山腰里撕开的一道伤口，多年没采石了，那里的石头上又有点儿返青了。

彪子似乎猜到了我的心思，说："这山现在被保护了，不准采石了。"

我说："这是对的。"

车开上千户垭山口。我感叹说："也好，蒙儿和妈一辈子在这里刨食，现在又都埋在这里。"

一过山口就拐向定军山背后，这里坐北朝南，是阳山。当初送奶妈下葬的时候，我就说："好，和她日日夜夜守着的沔河、定军山在一起。"

天突然就下小雨了。我想起那年送奶妈下葬时，天也下着小雨。"清明时节雨纷纷"，又不是清明节，明天是端午节呀！

在墓地，阴阳先生在看风水，我往上走了几步，来到奶妈的墓前。我想着这一片都埋的是奶妈家邻居。义蓉过来，拿着一束花，说："哥哥你给妈献上，说你看她来了。"我把花束献在墓碑前。每次来看奶妈，我都能感受到奶妈的恩情。

现在蒙儿又安顿在这里了。

从墓地出来到一个农家餐馆。虽然是农家餐馆，在一片田野里，设施倒也不错。来的主要是奶妈家和蒙儿亲妈家的亲戚。

我和义能儿、义夏、义蓉等奶妈家的人坐在一起。外面的雨突然就下大了，我坐在那里也不喝酒，也没有吃啥。我在心里想蒙儿，干脆端个凳子，坐到外面房檐下去。义夏喝得有点儿多了，出来端个凳子坐到我的面前，拉着我的手说："哥哥，我这一辈子最对不起的就是老妈。老妈那么苦，我长大了却到处颠簸，没在她面前尽到孝心。"

我想起义夏这些年在西安和陕北打工。义夏五十岁了，现在还在西安送快递。我看着义夏黑而粗糙的脸。

义夏摇着我的手，说："哥哥，你不说，我不知道，也许这就是我的命。我从小在牛草筼子里颠簸，现在还在外面颠簸，可是你看，我现在还这么结实，我这一辈子到现在连一次吊针都没有打过。哥哥，你和妈还有大哥那时候那么苦，我知道你们感情深。"

雨下得更大了。

义夏摇着我的手说："哥哥，你就是我的亲哥哥。我没有本事，但我有的是力气，情人节那天我给人送花，一天挣了二百元钱呢。我没有本事，靠辛苦挣钱，靠辛苦挣钱心里踏实。哥哥你记住，不管什么时候你只要用得着小弟，你说一声，你这个弟弟现在还活蹦乱跳的，只要你说一句话。"

人们在雨地里开始上车返回自己的家。彪子把我和义夏拉到定军山下，彪子在山下的公路旁经营运输。雨停了，我和义夏坐在空旷的停车场边看那定军山，义华给我们端来茶水。彪子说："定军山这一片开辟成风景区了，新公路路边将来会繁华。"我又瞅那定军山采石场，不由得感叹："唉，三代人了，都在这沔河和定军山刨食找营生，是沔河和这山养育了我们哪！"

下午我要回汉中去。义夏、义能儿、义蓉都不让走。我说："我明天来，义夏不是明天回西安嘛，我来送他。"

我想，现在跟过去不一样了，这个年纪，回自己家里住方便。一连几天了，大前天我坐班车来，那时蒙儿昏迷了。我在他身边大声叫"哥哥"，蒙儿半天也没有睁眼。今天我坐头班车过来，赶上了给蒙儿送行。

次日端午节，我又来了。半路上天就下雨，我下车时雨下得正大，义夏过来给我打伞。

这天上午在义珍家里吃饭，义夏说："哥哥，吃过饭我陪你再到劳动街转转。"义能儿说："那里都拆了。我们都去，陪哥哥到沔河湾转转。"饭后，义能儿、义夏、义蓉、义华、彪子和义珍的儿子几个人陪我到沔河湾去，我们看了已经快要拆完的东门里劳动街。奶妈家老屋的门脸儿已被拆了，这条街没有拆的只剩下两家。我们在这里碰见了尤丑儿的儿子，尤丑儿的儿子说："我不拆，我要地基。"

义夏说："哥哥，我们走吧。看见这街，心里有一点儿凉。"

我们绕到奶奶家屋后的河堤，这里原来有一道水楗，沔河在这里分成大河和小河，大河和小河中间沙滩上长满了芦苇。现在，下游马营那里修了一道翻水闸，把这一带的河水聚成汪洋了，河面变得宽展了，水楗和沙滩自然也没有了。

雨又下起来了。我们绕过沔河湾桥头，在广场上踩着雨水，往望河楼走。我说："不上楼了，义夏还要赶大巴呢。"我们就站在岸上，看河面上雨雾蒙蒙。"这座沔河湾大桥居然是蒙儿监理修建的！"我说，"今天是端午节，这个日子好记。"我望着河面，仿佛又看见了奶妈，看见了蒙儿，想起了许许多多的人和事。曾经在岸边生活的那些沔河人啊！

义夏说："哥哥，沔河宽展了，可是我们的老街不见了。"

我想：是的，当年的生活也不见了。曾经在这里生活的人啊！

我想：我会记下这一切的。

雨又停了。河对岸的景物又看得清楚了。我望望定军山，定军山还是老样子。看着定军山那安详、亲近、慈爱的模样，我平静了许多。我说："我们走吧，义夏还要赶汽车呢。"

我在车站送别义夏。我说："这么大年龄了，在外面要注意身体。"

义夏说："哥哥，你也多保重。"

大巴开出去有一阵子了，义夏又打电话过来，说："哥哥，你一定要保重身体啊！"

之后我回汉中，下汽车时雨又下起来了，不过雨点不大。我冒雨走回自己的家。

写于2018年9月17日

乡 村 记 忆

暑假刚到，乡下的舅舅来了。我随舅舅到乡下去。

舅舅是一个纯朴的庄稼汉，挑一副担子，来时挑了满满两箩筐鲜菜，回去时挑着零碎农具和日用品。

舅舅言语不多，在渠坎上歇气时抽一锅旱烟。

舅舅的幺儿得夏九岁。得夏三岁那年舅母死了。外婆把得夏带大，得夏便是外婆的命根。舅舅对儿女严厉。他的大儿子成人后离家工作去了。那是困难时期，有城里人到乡下找饭吃时，在西安工作的姨姨、姨父却将舅舅的大儿子带到西安。姨父的这一壮举，使舅舅的大儿子——我的大表哥受惠终身。

舅舅的二儿子和两个女儿没有这福分。在人面前，二表哥像舅舅一样沉闷。二表哥念书已念到初中，他很努力，方圆几公里，像他那样考入他那个区重点中学的农家孩子几乎没有。二表哥每天天不亮就起床，他必须去田坎铲一挑草皮回来散在屋后。这草皮风干后用来垫猪圈。冬春两季，垫过干草皮的猪圈最利于圈猪过冬。混合着猪屎猪尿，被猪踩烂的草皮又是上好的肥料，这肥料交给生产队会变成工分。天蒙蒙亮，铲好草皮的二表哥揣一团酸菜干饭上路，他必须走过十公里的沟沟岭岭，赶天亮时坐进自己的教室。这一团酸菜干饭一直要支撑他到黄昏。黄昏时二表哥回来，不吭声又背着背篓出门，麻利地在荒坡上割一背篓牛草。他把背篓装得那么高，装满后再在上边用草绳打襻，襻绳捆着小山一样的牛草。他背着结了襻的背篓，从后面看，只能看见背篓和小山一样的牛草，还有背篓下面一步步挪动的双脚。这一背篓牛草交给生产队过秤，可换得三个工分。

二表哥这么勤奋，严厉的舅舅无话可说。但二表哥和二表姐如有了差错，舅舅打他们用的是赶牛的牛筋鞭子。

不过舅舅很少打人。在我这一生，看见他打二表姐、二表哥和表弟各有一次。舅舅是不能用鞭子打表弟的，如果打表弟，外婆会出来，说："要打，先把我打死再说！"

舅舅对我却是分外和气，按外婆的话说："人家是客！"

舅舅的小儿子——我的表弟得夏是一个活泼的人。九岁的他每天邀我和他去野地里寻猪草。在坡坡坎坎和沟沟梁梁上，我俩玩耍出许多花样。我们把小渠沟堵起来，使之成一个漩，用北瓜蔓或竹筒从漩下导水，使之成微型引水工程；我们挖"豆浆泥"，这颜色白如豆浆的泥黏性最好，用它可捏制驳壳枪，或捏制一个个小人；我们在坎上凿洞，用铁皮盖作锅，在荒坡上炒黄豆；我们和一伙同去寻猪草的玩伴，在树林的树荫下"走牛"，那是挖好的十个双行排列的小坑，我们在其中随意投下石子儿，移动石子儿，如果在移动中一坑无子儿，那就间隔吃掉下一坑石子儿，按吃掉石子儿的多少计数，算"战果"。这种游戏赢取的战利品是猪草，结果是半晌过去了，因为玩耍，大家寻到的猪草都不多。得夏和我只好自欺欺人，在猪草筐里支上树枝，把原本不多的猪草盖在树枝上，企图在进屋时瞒过外婆的眼睛。堂屋里往日寻到的猪草成堆，眨眼工夫混在一起。外婆或许心知肚明，一边叨叨着"你这卖尻娃"，一边下厨烧水。得夏嗲声嗲气地喊一声："婆——"便坐在灶门前帮婆烧火。

舅舅回来后瞅一瞅堂屋里一堆猪草，脸沉沉的。他只看鲜嫩程度，就知道今日寻到的猪草不多，但碍于外婆的脸面，并不吭声。

舅舅是生产队有名的实诚人。舅舅辈分很高，在全村都受到尊敬。舅舅又最会使犁，最烂的田，如果让舅舅使犁，也会翻耕得十分平整。牛是生产队最大的家当。所有的牛都集中起来，统一由舅舅喂养和看管。他不会亏待任何一头牛。而到了使牛的季节，谁爱惜牛，谁把式好，舅舅心中都有数。他会把最好的牛分给最好的把式，用到最难犁的田里。

舅舅喂牛管牛，是社员们对他的信任。

那时"四清"刚过，社教已经开始。工作队员最爱教青年们唱歌，一首歌唱道：

"巴山的竹子节节高,

砍根竹子凿个洞窍。

一人吹来万人唱,

歌唱社会主义好!"

二表姐嗓音最脆,但脆得有点儿尖厉。她老是用细而高的声音唱这支歌。得夏的嗓子和她的一样尖厉。得夏用尖锐的嗓音唱,我因此也很快学会。

但我最欣赏的是得夏"烧狗"(指令狗警惕、引导狗干仗并不断为狗加油鼓劲)。

这村里,几乎家家户户养狗。舅家周围的狗我全认识。舅家的是一条花母狗。这村里母狗不多,母狗的金贵在于产子。想想,到了产子的季节,一窝狗崽在舅家的院子里蹒跚走动,那自然令人羡慕。狗崽终归是要送人的。送一只狗崽,等于结一门亲,逢人说:"你家的狗,是我家母狗下的。"那自然有了气氛。

而坡坎下鹿娃家的是一条黑狗,他家南边金福家的也是一条黑狗,这两条狗是一窝儿的同胞,模样一样,吠叫的声音也一样,搏斗的手段也一样,不是特别突出。

恐怖的是舅家院子下面大院坝的两条黄狗。一条狗的毛色黄而浅,叫作大黄,大约它出生得早些;另一条狗的毛色较深,个头比大黄大却叫作小黄,大约它出生得迟些。这小黄的头大如铜盆,一头长毛发威时竖起来,像一头雄狮。恐怖的是这大黄小黄不光咬狗而且咬人;更恐怖的是它们咬人时并不出声，悄悄地跟上来就是一口，下口后才从喉管里发出沉闷的吠声。等它们真正叫出声时，那对方必定已经逃远，它们用高声宣布得胜。

而论狗与狗的搏击，没有哪条狗能比北头田坝里贵全家的花狗更凶猛的了。贵全的爹爹是个残疾人。贵全的爹爹当过志愿军战士，立过战功，在朝鲜被地雷炸了，左脚只剩下半截。贵全的爹爹是领残疾津贴的，他用国家给他发的复员津贴盖了三间漂亮的瓦房。贵全的爹爹因脚残疾很少走动，而且他家的花狗太厉害了，没人敢到他家院子里去，贵全家因此和大家有点儿隔阂。贵全和我同岁。我从城里来，贵全偶尔带花狗出来向我展示。这花狗身体高大，胸部无时无刻不是挺起的，毛短，每日被贵全清理得干干净净；这花狗奔跑起来像马，总是抬头挺胸，搏击时有压倒一切的气势。或许是因为它的主人上过朝鲜战场，它从来不把对手放在眼里。

我们"烧狗"往往是因为这湾里来了野狗。野狗来，大半最先被得夏得知。因为野狗是冲着舅家母狗来的，一般到来，必定探头在舅家的房前屋后。

母狗性情自然温驯，没有过多过分的表示。但得夏会"烧狗"；得夏不想让自家的狗不明不白地怀孕。谁知那野狗的品质？种不好，后代会坏了母狗的名声；不好的品种送人，谁会尊敬？得夏总是站在地坎高处"烧狗"，他声嘶力竭地大吼道："烧——嗷嚎！烧——嗷嚎！烧——嗷嚎！"

他这么一吼，母狗就得了出征的命令。母狗一下子仰起头，耳朵和颈部的毛竖起来，视野狗为侵犯的敌手。这吼声远布出去，两条黑狗，两条黄狗，也得了战斗命令，它们勇猛地出现在舅家附近的坡坎，一场天昏地暗的厮杀便展开了。通常战斗就被这二黑二黄解决了。而如果野狗是一条大家伙，比如说身型像牛犊，那便要请高手。贵全会带着他家花狗出击。花狗出战威风随形而至。花狗上去只三五下就将对手压在身下，二黑二黄助战，直将野狗逐上山坡。我、得夏、贵全跟上山坡，远远地齐喊："烧——噢嚎！烧——噢嚎！……"望着这一群凶猛的狗将野狗赶出至少一公里。

落寞的是舅家的母狗。它未必喜欢这个结局，未必喜欢二黑二黄和贵全家花狗管闲事。

每遇这么一场战斗，我和得夏必然兴奋。得夏就要用高而尖的声音唱歌，或者小跑到外婆跟前，轻声软语地叫一声："婆——"

外婆便从嘴角露出一丝笑，说一声："卖尻娃的！"

那年月，舅家每天晚上都吃稀饭。稀稀的一碗米汤，有几粒米。但外婆会烧一个麸子很重的黑面馍。那面是一九面，所谓一九面，就是十斤干麦子至少磨九斤面，剩下的一斤麸皮用来喂猪。

外婆的火烧馍至少有四指厚，面发酵得很好，面里掺了盐。外婆家房后坡上有一棵花椒树，椒子不大，但麻味十足。得夏摘来花椒，外婆用擀面杖擀一擀，掺在面里。揉好的馍埋进灶膛的草木灰里，连烧带烤带煨的馍便烧烤出一层厚厚的硬壳，这样的馍端上来掰开，浓重的香气飘散。吃这样的饭一般是在晚上，月光下，喝着米汤，掰一块略带咸味和麻味的火烧馍，坐在地桌边或蹲在院坝边嚼着，是一种享受。

而舅家的早晨饭和晌午饭一般是以红苕为主。这一带漫坡遍野种红苕，收回的红苕放在窖中，窖中的红苕是一年的主粮，或蒸，或煮，或烤，离了红苕无法生存。

二表姐最在意洗红苕。用圆筐将红苕装了，提一只木瓜椎，到池塘边去。池水没有污染，清清的池水里可见鱼儿游动。她蹲在青石板上，把圆筐浸进水里，拿木瓜椎在筐子里捣，红苕上的泥全部脱下……一筐鲜亮的红苕提起，滴答着水，回家下厨。在锅沿上用菜刀切红苕，只需浅浅地下刀，然后一掰，看红苕滚落在翻滚着两三把米的锅里，红苕煮熟时米也烂了，那捣碎的半把青盐、一撮青椒和几粒花椒便成了下饭菜。这红苕稀饭吃着带甜味，而吃过后，腹中的胀气一直让你饱胀到下一个时辰。

村里人难得吃一回米饭，如果吃，那一定是和红苕或其他蔬菜，如苕芽蒸在一起。端一碗米饭就是端一份骄傲，必定在院子里走动，用筷子敲响碗沿，招呼邻里："吃饭？"邻里客气："吃吃。"

舅家的邻居实际是二舅家。二舅早年死了，二舅母独自带大了两男两女四个孩子。二舅母日子过得紧巴，吃米饭是一年中难见几回的事。

二舅母家的两个儿子我也叫表哥。如果是在春天，太阳出来，照在二舅母家院坝边草垛子上，我会和二表哥、得夏、二舅家的两个儿子，端着碗坐在草垛下太阳地里一边吃饭一边说话。草垛很高，有一股稻香味。

二表哥写得一手好字，二舅的二儿子也不落后，他们都是用树枝在地上写，特别在雨后，用碾磙滚过的光光的院坝边的泥地很软和，二表哥在地上写一串漂漂亮亮的繁体字……二舅的二儿子也不落后，漂亮地写几笔，然后落下自己的名字。

只有大表姐有点儿另类。大表姐已经成人，她不知在何处剪掉了自己两条漂亮的辫子，留起了压过耳根的短发，在当时叫"妹妹头"。

大表姐时不时照镜子。她没有什么东西搽脸，有时在手心滴一滴菜油。外婆不喜欢大表姐成天照镜子。外婆从大表姐身后走过，看见她的压耳朵短发，就愤愤地骂一句："狗头！"

大表姐也不生气。可能大表姐想：只要我嫁人了，就再也听不到你的骂声了。

大表姐这种不在乎的态度愈加让外婆愤怒。外婆不惜用拐杖在大表姐的身后点着地，叫："狗头！狗头！"

二表姐依然那么爱哼歌。不知从何处得知，邻村何家湾要放一场电影，没有吃夜饭，二表姐就带着我和得夏走了。下湾的小道上，尽是去何家湾看电影的年轻人。二表姐哼歌，几个村姑都唱起来。原来村姑唱歌都不知收敛，尖而响亮的声音传出很远。我竟然记不得那夜电影都看了些什么，只记得满场院以至地坎边都站着青年男女，夜色中大家的窃窃私语声似乎比电影的声音还大。

电影没记住，却记住大家笑着、闹着、唱着在月光下回家的情景。

大表姐每天早晨照镜子是雷打不动的。外婆蔑视的目光被大表姐天然地拒之万里。外婆被忽视，全部心思只有用在灶头，她甚至不呼喊大表姐下厨房给她搭手。"狗头"下厨房给她搭手，那简直就是耻辱。

我觉得大表姐剪了头其实没有剪之前好看，农村姑娘，辫子甩在两肩显得活泼。压在耳根的短发虽然叫"妹妹头"，却使农家女孩的面孔变得呆板。

不过我的心在此停留不过两三秒。我不关心女孩儿，我的心在田野。我的心和得夏的一样，我们更喜欢那些同村的玩伴。每当外出寻猪草时，得夏都很兴奋。如果他不唱歌，便吹几声口哨。他吹口哨总是吹不响，嘘嘘的响声，既传不远，也成不了调。

这真是好时光，那坡，那坎，那沟，那树，那田野，那狗，那乡间的年轻人，那天空，那地上的流水，那圈里嗷嗷叫的猪，那走过地坎的耕牛，那牛的响屁，那枝头喳喳叫的雀，那外婆带痰的咳嗽，那滑过犁沟的犁……怎么说也比城里面生动。我谢谢母亲给了我这样一个暑假。当外婆说"放

假再来"时，我只想说："我不想走。"

……

我的表弟得夏死于1976年9月初，时年二十岁，死因是医疗事故。外婆早他一年去世，当时我在插队，病得很重，但我坚持去送外婆。我去时外婆还没有断气，外婆想让我把她扶起来，结果没有成功。舅舅去世时八十岁，他去世前我去看他，他带我去看了得夏的坟。舅舅去世时我去送他，他就埋在外婆的脚下。二表哥在他的下一代身上实现了自己的愿望，他的两个儿子前几年都上了大学。两个表姐出嫁后便走动少了。外婆家的核桃树在外婆去世前一年被砍了，那是村里最大的一棵核桃树，据说有上百年的历史。村里人都说，因为这树没了，所以外婆也就没了，得夏也跟了去。这看起来是在安慰舅舅，但树是舅舅砍掉的，舅舅因此有些自责。

我有很长时间没去那村了，不过见到那村里的人进城，我总要问一问，这两年光景如何？

写于2012年2月17日

乡 村 再 忆

　　两棵树，其中一棵是核桃树，有百十个年轮，粗壮的树身铁黑，一围抱不住，树冠遮住了院坝的一角，一半遮住了两间猪厦。母亲说，走进这村，老远就能看见你舅家的核桃树。我试着看了几次，从村口到舅家那一片郁郁葱葱，我于是认定母亲夸张。不过舅家的核桃树在这村里是有些名气的，全村人都知道，一到夏天，数这棵核桃树挂果最多。外婆常常站在核桃树下。这村里，舅家的辈分最高，论辈分，外婆古老得如这棵核桃树。外婆守护这棵树，这棵树也守护外婆。村里的小青年，去后头梁上出工，故意从舅家院坝边过，那是秋天，核桃熟了。狗在咬，小青年在树下跳，用镰刀钩核桃，一边喊叫："得夏婆婆，我们在钩核桃呀！"外婆拄着拐杖出来，说："卖尻娃的！"

　　还有一棵是桃树，在院坝北头，紧挨着院坝边园子一角。园子是舅家自留地。桃树不大，但结的桃很甜。水蜜桃，桃嘴有点儿弯，4月挂果，5月桃红了，月底摘时，红红的果子快要流蜜。外婆总是站在院子里往园子里瞅。外婆眼神不好，有人没人，总要问一声："桃树下是谁？"她拿捏不准的时候，便拄着拐杖移动小脚往桃树下走。她在树下瞅瞅那些桃，心里想着：这些桃，是要留给我的孙子得夏和我那些外孙子的呀，我老了，这桃对我没有用。村里的小青年依然戏耍这可爱的老婆婆，在院坝边叫："桃树下是谁？"外婆赶紧出来，桃可不比核桃，核桃满树都是，摘不尽；桃只有那么百十个，禁不住摘呀！看见外婆拄着拐杖急匆匆出来，小青年捂住嘴笑。外婆不放心地走到桃树下，双手按住拐杖，仰头看。

这么出息的核桃树多年后被舅舅砍了。那是1975年，二表哥早成人了，学了木匠，得夏也满了十九岁。舅舅砍这棵树是为了造屋，儿子们大了，到成家的年龄了，可那老屋实在有些破旧。据说舅舅砍树时和外婆有点儿争吵，舅舅的孝顺是有名的，但儿子结婚可是大事。外婆叨叨，舅舅不吭声，只管砍就是，舅舅砍树时当然心疼，甚至愤怒。我不明白，这棵核桃树虽然粗大，但它不像柏树和杉树那样顺溜，那树身，只能解了做板，枝干既做不了房梁，也做不了椽。我更不明白，那棵桃树居然也被砍了，那棵小小的桃树，砍了它能干什么呢？即便把房前屋后的树都砍了，离造屋也很遥远。

哦，对了，舅家屋后南山墙边，有一棵高大的皂角树，舅家有一口苕窖就在这树下。高高的树上每年都结些皂角，二表姐每次洗衣服都要用它。黑黑的皂角，十厘米长，放水里浸了，用棒槌捣出浆。二表姐每次在塘坎下渠水边洗衣服，都用衣服把皂角裹了搁青石板上捶，黑水流入清清的小溪。

外婆说话带点儿"古"。火柴，她叫洋曲灯；肥皂，她叫洋碱。洋曲灯断了，她便用火镰打火。舅家门上还贴着门神，一边秦琼，一边尉迟敬德，两人正气凛然地守在门口；门头上挂着一柄马勺，马勺上是一个恶煞的脸谱，据说那是钟馗，有点儿丑，眉须浓密。

外婆其实责任重大。得夏三岁那年，舅母死了，外婆帮舅舅拉扯五个孩子。就算现在，外婆每日里要喂两头猪，一头是国家的任务，一头是自己的想头。"国家的"尤其不能亏，"国家的"喂不肥，不能达标，交不上任务，生产队该不该分你口粮？那么"国家的"这头，每到喂猪的时候，外婆就守在猪圈门口，给"国家的"吃偏食。

我早就看出了这里的门道，外婆每次喂猪时，一手拿瓢，一手拿棍，一手往槽里倒猪食，让"国家的"吃，一手用棍子把"自己的"赶开。这一点儿觉悟，外婆有。

我和得夏说是外婆的帮手，其实只有得夏是，我什么也不是，就是说，每天的猪草是得夏在野坝里寻的，我跟得夏去不过是玩儿罢了，不过跟了得夏，乡村的许多事我都知道了。得夏话多，什么都告诉我。这是什么猪草，狗儿蔓啦，荠菜啦，麦麦草啦，水芹菜啦……学问大着呢。还有那些稻谷啦、莲藕啦、菱角啦，树上的鸦雀啦，田里的黄鳝啦，特别是田里的黄鳝，它的穴有两个洞口，用脚在这边洞口惊扰它，用手在那边洞口等着，一抓一个准。

外婆每日还要做三顿饭，不过二表姐收工后会给她搭手，有时做夜饭二表姐先下厨，不过终归是外婆到了，这顿饭才能做成。这就是说，家里的用度外婆掌握，一顿饭下几把米呀，一锅稀饭放多少红苕呀，你总得让干活的吃饭，一年到头，特别在二三月间，不能让伙食接不住。接不住那就惨了，谁也没有多余的一把米给你。外婆的责任多重大！

你还别说，外婆真还很少闲着，夏季里麦子分下来了，单等一场透雨。这就是说，一定要让大雨把院坝湿透，湿透后就等着太阳，院坝快要干时，在上面撒草木灰，然后用碾磙子滚，将院坝平整干净，这就是要晒麦了。院坝里晒麦，外婆得赶雀鸟不是？外婆颠簸箕最来神。晒干的麦揽进簸箕，外婆往上一扬轻轻一送，一股风将麦中的灰尘带走。这一招我怎么也学不会，这是艺术。

外婆一生养了两个儿子四个闺女。她的二儿子我的二舅早年死了，我没见过面。我们现在叫舅舅的就是大舅了，不需要特指。外婆的大闺女——我的大姨也死得早，我没见过；二闺女——我的二姨给（嫁出去）得不远，他们管出嫁叫作"给"，好像闺女是一个物件，没什么地位。她的三闺女——我的母亲就不是"给"，她是自己奔出去参加工作的。母亲工作了，就介绍外婆的四闺女——我的幺姨也出去工作。这么说来，母亲和幺姨能出去工作，这也算社会进步。在我看来，母亲回娘屋不是一件特别要紧的事，但对母亲娘屋村子里的人来说，母亲每次回去都很隆重。这并不是说母亲回去时有多么排场，只不过是母亲进村的时候，从她一进村口开始，地里干活的乡亲，全都停下手里的活望她，老远打招呼。这就够了，这就给母亲打了兴奋剂，母亲至少兴奋三天。如果再和哪位乡亲拉呱儿得带劲儿，说了交心话，那她也许会兴奋五天。母亲高兴了，那就是我们的节日。

母亲回娘屋最高兴的当然是看她的妈啦！我第一次随母亲去完全是走的小路，母亲对那里的一沟一坎一花一草都很熟，快进村时，收罢的稻田里窜出一条蛇，蛇窜过地坎，在地坎上停了一下，母亲说："蛇来了别怕，蛇起来射你，你把手中的草帽扔起来，草帽比蛇飞得高，蛇比不过你，就气死了。"我说："没有草帽呢？"母亲说："那就捡一块坷垃，扔得比蛇高，一样。"我钦佩地看着母亲，觉得她很有智慧。

我后来知道了走大路，当然这也是母亲带我走的。大路绕道，但大路不易迷失，最关键的是走大路不穿过村落，不需要防狗。我后来常常一个人去舅家，去时提个小笼筐，笼筐里装油条。七分钱一两粮票一根的油条，每次十根，这是母亲孝敬给外婆的。

这样提着笼筐在大路上走，看看田野，不慌不忙不赶路，是很惬意的。夏季的秧田，鹭鸶在飞，田间地坎的跌水下，白花花落了几条鱼。从大路拐上小路，翻过一道梁，大渠那边，下一面坡，就是舅家了。狗咬起来，往往是狗和得夏一起出来迎接。

舅家的辈分高，我的辈分当然也就高啦，村里的小青年都和我玩耍。舅家院坎下有一个四合大院，这院的一大家早年成分被划为地主。地主不地主的，这村里没有杂姓，谁见了舅舅和外婆都带几分尊敬。这院的小青年按辈分都管我叫爷。按辈分叫我爷的多了去了。不过话说回来，谁也没有当面叫过我一声爷，反倒是直呼我的小名。我辈分高，这我知道，虽然直呼小名，我依然辈分高是不是？但我不知道天外有天，山外有山！外婆有一次过生日，好像是七十大寿，请了许多客，一个四岁的小丫头，嘴唇上挂着两筒黄鼻，一手叉腰，一手指着我说："按辈分，你该叫我瓜婆！叫我瓜婆！"我吃了一惊，说："啥是瓜婆？"二表姐过来，说："瓜婆就是姑婆，她的牙走风。"小丫头说："我和你外婆是一辈的！"我大受打击。本来我挺着胸的，看见这小姑娘我得把腰弯起来，何况她的爹爹一定也来了，四岁的小姑娘不会自己走来是不是？

这一次打击不会妨碍我和村里的小青年玩耍。外婆的七十大寿简简单单地过了，为过这七十大寿，母亲好几个月不让我们吃肉，家里的肉票攒起来，割了肉给舅家提去，有这么几斤肉壮行色，七十大寿也算说得过去。瓜婆虽然辈分高，但我家提去了五斤肉呀！何况我在席上也没怎么对那肉动筷子。

看出来了吧，我在舅家稍微有点儿优越感。不过上天为证，我对外婆，对舅舅，对表姐、表哥，那都是很尊敬的，尤其对二表哥很是钦佩。至于得夏，那就不用说啦！

得夏从小可爱，由于外婆高看他一眼，得夏性格从小活泼。得夏的性格比有些城里的孩子还开朗，话多，爱尖声唱歌，走路连蹦带跳，和小伙伴在一起高声大气。已经十一岁了，有时还往外婆怀里凑一凑。

我不知道大表姐是何时出嫁的，总之大表姐每次回家都穿戴一新，表姐夫也穿得一尘不染，还非常自豪地推着一辆自行车。据说表姐夫是一名工人，参加建设水电工程。

大表姐依然留着外婆称之为狗头的"妹妹头"。大表姐依然宽宏大量，对外婆嫌弃她的"狗头"不往心里去。表姐夫更不用说了，张口一个"婆"，闭口一个"婆"，显得很有教养。外婆却看得透透的，你依然留着狗头，那便是对你婆的蔑视。

夏天的夜晚，我喜欢睡在院坝里，蜷缩在直径一米五的蒲篮里，看天上的星斗，听远处的狗叫声和老鼠被猫按住的吱吱声，别有情趣。晚风吹来，舅家屋后的刺槐林飒飒作响，萤火虫在风中飞舞，田野里飘来稻谷的香气。我觉得乡村比城市有趣多了。当然，我是客，我没有亲身体验劳作的辛苦。

几年后我插队了，得益于常去舅家，我对农村并不陌生。我学会了所有的农活，无家无业，又出工又做饭，比较辛苦。这时候我就体会到舅家有一个外婆的好了。有外婆守家，舅家的一切有条不紊。外婆从来都是从容不迫，一切的吃穿用度都在心中。插队后，我去舅家的机会少了。我插队的地方离舅家至少两天路程。那时候全靠一双脚板，第一天我得走回自己的家，第二天才能走到舅家去。几年不见，得夏突然一下子长大了，身架比我还高，性格变老成了。我看见他从池塘边走过，塘坎很高，他走在塘坎上，手里提着一条大鱼。外婆未见衰老，好像还是我初见她时的那个样子：小脚，一身灰色的旧布衫，肩头上补了补丁，前襟子吊起，围一条围裙，宽松的黑裤子扎紧了裤口；黄脸，眯缝着的小眼，嘟着的嘴，一头花白的头发绾了发髻，一根黑色的带子缠住额头，带子中间，眉心上方，嵌一片灰色的劣质玉石。外婆看我时还是那样，眯着眼往我跟前凑，手拄拐杖，使劲儿看我，仿佛要把我永远留在记忆里。她依然是从米缸里摸出鸡蛋，做荷包蛋给我吃；依然是叨叨她那些猪，她那些狗，她那些鸡；依然是和鸡说话，和狗说话，和猪说话；依然崇敬地看那棵老核桃树，俨然是那棵核桃树的粉丝。其实我觉得那棵核桃树是她的伴，像老伴一样陪伴了她的一生。

外婆这样，我觉得就永远这样；我觉得这个村庄的历史就这样凝固。

突然间就听说外婆快不行了。那是1975年，忙完一场夏收，我累得大病一场，区医院的大夫，一个年轻女人，说我得的病不好，让我回家静养。母亲说外婆死了，先去奔丧，后来捎话让我买一个花圈送去，我擎着花圈走了八公里地。那年头乡下不兴送花圈，母亲献上的花圈是个独门，安葬外婆后，这花圈孤独地立在坟头。其实我到外婆家时外婆还没有咽气，外婆还能言语。睡房里，外婆的身子肿得老高，一身宝蓝色的老衣是母亲做的，外婆得的是肺气肿，脸色蜡黄，眼睛紧闭。

　　我走进睡房，宝蓝色的老衣在昏暗的睡房里放着蓝光。母亲对外婆说我看她来了，外婆说她想看看我。我说："外婆，那你睁开眼睛。"外婆说："我睁不开。"我说："你使劲儿睁。"外婆使劲儿一睁，眼皮张开，是两个大大的白眼球。我吓了一跳，脊背出了汗。外婆说："你扶我坐起来。"我用手揽外婆的背，外婆说："怎么我脊背上有一根草绳。"我又吓了一跳，汗涌出脑门。母亲说："他有病，他扶不动你，让他走吧。"外婆说："走去。"外婆没过多久就咽气了。大家把她抬到堂屋，睡在稻草上，脸上苫一张黄表纸，再用一个米箩盖住。外婆下葬在自留地的一角，就在她当年守望的桃树附近。下葬时我给她的坟头添土，我病得不轻，提了两撮箕土就再也提不动了。村里人说，外婆死是因为那棵核桃树被砍了，那棵树外婆天天守护，树没了，外婆也留不住。

外婆死后第二年得夏也去了。我注意到，外婆死后，得夏更显老成。得夏死于医疗事故，死时刚刚二十岁。

两棵树，一棵桃树，一棵核桃树。桃树结的桃子很甜；核桃树结的果子很坚硬，坚硬的核桃，就像坚硬的记忆，不容易被粉碎。那棵核桃树粗壮的树身，茂盛的树冠，永远在我记忆的村庄里，不会消失。

写于2013年6月1日

心 香 缭 绕

那个冬天蒙儿下乡插队了。蒙儿去了北山汪家河，那里是深山老林。蒙儿走时，送给我一条九成新的紫色绒裤。蒙儿说这是他舒爸送给他的，他送给我，留个纪念。虽然这绒裤有点儿大，但是我收下了，这是我第一次穿绒裤。

蒙儿走了，奶妈家拉车就剩下奶妈和我。我们又拉了一个冬天。每天天麻麻亮起来，还是往黄沙镇拉机砖。

郑成儿复课后不知是安排工作了还是下乡插队了，郑家拉车的就剩下郑家婶和娟儿。郑家婶还是那么要强，每次拉砖数她装得最多。但是在春节过后的一个中午，在黄沙镇河滩的沙坝里，郑家婶拉车时一条腿跪下去，嘴角呛出了粉色的沫子。她吐血了！

郑家婶的脸色苍白。她在家歇了几天，那几天她脸色发青。

奶妈对奶爸说："他爸，他郑家婶吐血了。"

奶爸说："看来这个活干不成了。"

奶妈她们拉车全凭郑家婶揽活。郑家婶吐血是一个转折点，它预示着劳动街这几个女人拉车的营生到了末路。

春暖花开，母亲突然捎话让我回汉中去。捎话的人说："虽然还没有正经念书呢，但是也复课两个月了。"

于是奶妈送我回汉中。奶妈给我十五元钱，流着泪说："你别嫌妈小气。你跟妈拉车受罪，妈记着呢。这个钱你自己拿着，买个文具什么的。"

几天后，在一个档案馆的废墟当中，一个发小用竹竿挑出来一本文集，这是一本民国版的《鲁迅全集》第三卷，红布封面，精装本，纵行排繁体字，其中收录了《华盖集》《华盖集续编》《而已集》。发小说他看不懂，我说："给我。"

十四岁，我的新生活开始。我那么渴望求知。我很快进入求知的爆发期。

一晃八年过去。

那个冬天我当兵要走了，到遥远的边疆雪山上去，我回家向父母告别。预期离开汉中是第二天，我却要先赶回插队的那个县到区里集合。我独自走了，带着一个笔记本、一支钢笔和一只口琴，我还带了一本影集。影集里有父亲母亲的照片，还有一张我专程去沔河告别，和奶妈一家人的合影。我告别父亲后去运输公司，已经坐到汽车上了，父亲忽然气喘吁吁地跑来了，他把一个刚买的绿色帆布手提包从窗口递给我，说："你在路上自己买一把锁子，我没有找到合适的。"我知道其实父亲是想多看我一眼。而后来妹妹告诉我，父亲第二天一大早就去火车站等我，一直等到中午，才从我插队的那个区上传来消息，说我们昨天晚上半夜就出发了。父亲当时就哭了。

三年后的春天，我从高原退伍回来，我坐了七天汽车，又坐了三天三夜火车，我在院子里看见父亲，看出他心中的喜悦。而母亲回家时，我正躺在床上昏睡，我的耳边还一直是火车的轰隆轰隆声，感觉到母亲在身边看我，我突然睁开眼，果然，是母亲在床边向我探头。母亲的身体比过去好多了，她们的缝纫社为北山根一家单位加工衣服，我骑着自行车行二十公里路去北山根看她，和她一起工作的女人们特别羡慕。

我自然每年都回沔河。

我当兵前，蒙儿被招工了，成为一名伐木工人。我当兵回来，蒙儿居然考上西安公路学院了，从一名伐木工人变成了大学生。他后来又去东北的一所大学进修，成了一名优秀的公路桥梁设计者。他晚年提前退休后，长期在若羌到和田的塔克拉玛干大沙漠里修沙漠公路。他晚年患病，却乐观地和病痛搏斗了十一年，依然在沙漠里施工，一天也不愿耽搁。我说："你回来吧。这个年龄不适合在沙漠里干了。"他后来回来，居然监理修建了沔河湾大桥。这座桥就建在当年东城壕的水流入沔河的入口处，那里正是我们童年玩耍的地方。

义能儿居然也当兵了，他后来进入军校学习，成长为侦察连副连长，他曾在与越军展开的老山、者阴山"两山轮战"中守卫老山。

一个夏天，奶爸让义能儿叫我回沔河去，奶爸说："我得的病不好，不过我也八十岁了。"奶爸笑笑的，他很达观。他说："该去的地方我都去了，该看的人我也都看了，我直接和他们告别，说我要走了。马营渡口、箭道油坊，我都去过了；还有食堂的兄弟，我都和他们打过招呼了。我听义能儿说你要出一趟远门，怕你一时回不来，而我却走了，所以让义能儿叫你回来。你气管不好，在雪山落下了毛病，每年冬天要注意呢。出门在外，把自己照顾好，你平安了，我也放心。"

一个多月后，奶爸来到我的梦中，叫我的乳名。我大喊一声坐起来说："我的奶爸走了！"第二天，我赶紧跑到邮电局打电话。妻子说，昨天刚走，她去送时，奶爸还有知觉。妻子叫他，他似乎听见了。奶爸走得安详而平和。

在父亲母亲的晚年，我都伴他们走过了最后的时光。奶妈，我隔一段时间就去看她，她却突然走了。义能儿给我打电话，我以为她还在医院里呢，我直奔医院，然而不是那个地方，但我还是看见了她最后的面容。

相对于其他三位亲人，在我的母亲晚年，我伺候她最久。母亲卧床不起时我们兄妹轮流值守，这期间我从不耽搁，谁让我是挨她的打最多的儿子呢？当年在三里村那条小水渠边，我理解了母亲的心。而在我成人之后，有一次，一位当年的邻居问我母亲现在还打不打我，母亲居然当着邻居和我的面流泪了。这使我震惊，并且永远释然了。

母亲却并不知道我的心思，她似乎没有打开自己的心结。在最后的时光，她说："你知道你的奶妈为什么爱你吗？"我等待她自己回答。她说："你的奶妈在奶你之前，生孩子生一个死一个，奶了你之后，生一个活一个。"这怎么和父亲当年说的话一字不差呢？母亲接着说："奶妈养不住孩子，堂屋、过道、睡房、厨房的顶角到处都贴的符，端公说：'你们要想养住孩子，得奶一个命硬的男孩子冲一冲。'"母亲笑说："他们迷信。"我知道母亲还是没有打开心结，但奶妈和奶爸的大恩，我怎么能忘记呢？不过如今，我也唯有对母亲尽心。在母亲生命的最后一刻，我眼里饱含泪水。

送走蒙儿的第二天，在沔河边，烟雨苍茫，我仿佛看见奶妈、蒙儿和我拉着车在雨雾中蹒跚而行，路似乎还没有走完呢。我的父亲、母亲、奶爸，你们也远行了吗？

是的，一个时代在走远。新的时代，带着全新的人际关系，带着全新的处世方式，甚至带着全新的伦理观念，走进这个世界。我庆幸我不曾在恣意中生活过。因为有对过往生活的认识，我也不会在虚妄中，在混沌中，在怨恨中生活。

沔河依然奔流不息。过去的一切，真的不留一点儿痕迹吗？它对我们的现在和未来还有什么意义？

……

那些文字，那些从我心中涌出的话语，权当是一片烛光，照亮我的心室；那无尽的思念，像缕缕心香，在你们的面前，缭绕摇曳；绚丽的沩河风光，是不可替代的背景。

沩河，你会千年万古地流淌，但是谁还能看见当初家园的画面呢。难道不是吗？我想用我这速朽的笔为你定格。

还有我的父亲、母亲，我的奶妈、奶爸，你们去了，我用此书作一炷心香，敬你们！

我敬你们，爱你们！

还有蒙儿，沩河边所有的人，我敬重你们！

写于2014年10月29日

2020年8月31日凌晨改于浦东

后 记

　　这个集子收录中篇一篇，短篇二十篇，你可以把它们当作相互关联的故事来读。

　　这本书里，"庭儿"这个名字是我信手拈来的，其他人物的名字大体也是这样，不可当真。但是，书中的故事是真实的。比如说我受伤的六根手指，其中四根手指的指甲掉了，还有两根露出了三分之一的手指骨。那两根像烛芯一样的手指骨看起来是那么可怜、无助，不过我是真真切切地看着它们一点点长出了肉芽，后来长成手指模样，并且六根手指又都长出了新指甲。这新指甲一开始长出来软软的，像乳白色的橡胶皮，后来它们慢慢长硬，长成正常指甲的模样，只有受伤最严重的左手的中指，长得有些变形。那年，我报名参军，体检医生特意让我活动这根手指，检查了它的功能。所以，断指能不能再生，我可以告诉你，在十三岁这个年龄，只要手指骨还在，是可以的。

　　我着笔《再见沥河》，开篇《蒙儿的河》写于1994年2月，下决心整理出版是在写了《端午雨》之后，这已是2018

年的秋天了。2019年书的初稿大体整理好了，我却到上海了，因为疫情等原因我滞留在上海，我想赶紧把书稿修改完毕，但书稿却留在汉中。我只好把手头能找到的一些片段翻出来重新整理，并把电子稿发给出版社，一晃就到了2020年。

《乡村记忆》和《乡村再忆》原本是不准备收入此书的，重新整理时发现这两篇原来与沔河也有关联，于是收录了。

这本《再见沔河》得以出版，我要特别感谢本书的编辑和校对，他们认真、负责、细致、专业。

在此向他们真诚致谢！

2021年8月26日记于浦东